Peter B. Zunke

Ein
Erlesenes
Ragout

www.tredition.de

© 2019   Peter B. Zunke

Verlag & Druck:

tredition GmbH, Halenreie 40-44, 22359 Hamburg

ISBN
Paperback   978-3-7497-6540-9
Hardcover   978-3-7497-6541-6
e-Book   978-3-7497-6542-3

Inhalt

DAS VERGESSENE OSTEREI

Das Ei war sehr aufgeregt. Am gestrigen Tag hatte man seine helle Schale mit bunten Farben bemalt, es sah mit seinen roten, blauen und goldenen Streifen richtig vornehm aus. Dann war es dunkel geworden, und als die ersten Morgenstrahlen durch das Küchenfenster gefallen waren, war das nun hübsch bemalte Ei mit anderen zusammen in eine Tüte gesteckt worden, ein kurzer Gang, und dann wurde das Ei in ein Bett aus Moos unter einem Baum abgelegt und eine tiefe Stimme sprach:

„Na denn, fröhliche Ostern!"

Das Ei war jetzt noch ein bisschen aufgeregter, es war ja auch ein Osterei geworden. Es lag da ganz behaglich in seinem Bett aus grünem Moos, die Sonne ließ die Farben, insbesondere das Gold, hell erstrahlen, und der Morgen breitete sich mit Vogelgezwitscher und zunehmendem Autolärm aus. Dann gab es auf einmal Kindergeschrei, zwei kleine Mädchen rannten mit leeren Bastkörbchen durch den Garten und suchten nach versteckten Osterüberraschungen, denn neben den bunt bemalten Ostereiern waren auch Eier aus Schokolade versteckt, und es gab Fondanthasen und Pralineneier und Schokoladenhasen und kleine bunte Eier mit Zuckerwasser gefüllt und und und.

Die beiden Mädchen bogen die breiten Büsche auseinander, suchten zwischen den Stapeln von aufgetürmten Backsteinen, unter den abgelagerten Ästen beim Schuppen, in der Dachrinne, stocherten in den Pflanzrillen der Beete, und immer, wenn eins der Mädchen etwas gefunden hatte, gab es juchzendes Geschrei, fröhliches Gekreisch und tosendes Gehüpf.

Doch plötzlich kam von Nord ein Regenschauer, der mit heftig geschleuderten Tropfen auf den Garten prasselte und Kinder wie Eltern hinein in das Haus drängte; dort saßen sie warm und trocken, beschauten sich die Ostergeschenke und sahen nur gelegentlich hinaus in das Grau und die immer stärker werdende Regenwand. Das Osterei unter dem Apfelbaum bekam nur hin und wieder einen Tropfen ab, die Äste beschirmten es ja gut. Erst am Abend, als die Sonne mit einem kleinen roten Rand hinter den Büschen und Sträuchern versank, hörte der Regen auf.

In der Nacht wurde es ein wenig kühler und das Osterei fröstelte, es war ja eher an Wärme gewöhnt. Aber als das erste Hellgrau des neuen Tages über den Himmel gekrochen kam, freute es sich, denn nun würden wieder die Kinder kommen und endlich endlich auch dieses eine Osterei finden und aufjauchzen und hüpfen und es wäre dann ein schöner Tag.

Aber zunächst geschah nichts. Dann immer noch nichts. Dann kroch gemächlich eine dicke schwarzbraune Kröte mit einer Haut voller kleiner Warzen einher, blieb vor dem Ei sitzen und zischte aus ihrem breiten Maul:

„Was bist du denn? Und so bunt bist du. Du warst ja noch nie hier im Garten."

„Ich bin ein Osterei!" sagte das Ei ganz stolz.

„Aha. Ein Ei also. Nun ja, und du heißt Ostern. Ich heiße Tusna. Ich komme vom Tümpel. Und so etwas buntes wie dich hab ich noch nie gesehen, noch nicht einmal, als ich noch eine Kaulquappe war. Und ich hab schon sehr viel gesehen, weißt du, ich kenne alles hier, alles was da kreucht und fleucht, und ich sag dir nur eines, nimm dich in acht vor den Drosseln. Wenn die dich sehen, ist es um dich geschehen. Aber die kommen erst am Nachmittag, wenn überhaupt. Da soll es ja ein paar Straßen weiter so eine neue Grube geben, voller Würmer, erst wollte ich da auch hin, aber dann hörte ich, dass sich dort allerlei Vogelgetier versammelt hat, und da bleibe lieber hier, denn Vögel und ich, wir vertragen uns nicht. Aber das liegt an den Vögeln. Nur an den Vögeln, damit wir uns recht verstehen. Nun, du scheinst da recht gut zu liegen, das Moos umhüllt dich aber nicht ganz, passt nur gut auf, dass dich keiner sieht, dem du schmecken kannst. Hrrrmm!"

Und damit kroch die Kröte langsam weiter.

Das Osterei wunderte sich ein wenig. Von Drosseln hatte es noch nie gehört. Aber es hatte ja auch noch nie eine Nacht im Garten gelegen und auch solch ein Tier oder Untier wie diese Kröte war dem Ei völlig neu.

Was für eine merkwürdige Welt das doch ist, dachte es gerade, als von links ziemlich flink ein blauschimmernder Panzer mit sechs Beinen herangekrochen kam. Eines der Beine kratzte das Ei und es sagte:

„Au!"

Der Panzer hielt inne, drehte sich und zwei blitzende Stielaugen über tastenden Fühlern beäugten das bunte Osterei.

„Na so was! Das ist ja ganz neu hier. Was soll denn das? Liegt hier mitten am Tag einfach so in der Gegend herum. Wo gibt`s denn das? Was machst du hier, na, komm, sag schon, wer bist du und was tust du hier?!"

Das Ei war ganz erschrocken, solch einen befehlenden Ton hatte es noch nie gehört. Also sagte es gehorsam mit bebender Stimme:

„Oh, ich... Ich bin ein Osterei und ich muss hier im Nest liegen, bis die Kinder mich finden."

„Soso. Du bist also ein Osterei. Was auch immer das sein mag, aber du kannst hier doch nicht einfach im Weg rumliegen, also geschwind geschwind!! Ergreif dein Nest und zieh woanders hin. Hier nämlich liegst du mir mitten im Wege!"

„Aber ich kann doch nicht weg. Ich habe doch gar keine Beine!"

„Papperlapapp! Ich werde dir schon Beine machen. Ich bin der Käfer Herrmann und ich habe hier das Sagen. Also, auf auf, nimm dein Nest und wandle! Oder besser renne, bevor ich dich..."

„Aber es geht wirklich nicht, Herr Käfer, schauen Sie doch selber, ich kann einfach nicht weg, ich bin völlig beinlos."

Die Stielaugen des Käfers gingen immer wieder heftig von oben nach unten und die Fühler zuckten hin und her.

„Tatsächlich. Keine Beine zu erkennen. Aber wie um alles in der Welt bist du denn hierher gekommen?"

„Das weiß ich auch nicht so genau. Man hat mich erst getragen und dann hier im Moos abgesetzt. Mehr kann ich nicht sagen."

„Aha. Also stelle ich fest: keine Arme, keine Beine, kein Gedächtnis, nur einfach im weichen Moos liegen und mit all den Farben auf dem Leib protzen. du bist mir ein rechter Angeber. Mit dir ist ja sonst kein Staat zu machen, also bleib einfach hier liegen und verrotte so langsam. Ich hoffe, ich sehe dich nie wieder!"

Der Käfer gab sich selbst ein lautes Kommando, drehte sich und lief auf seinen starken Beinen davon.

Das Osterei aber erholte sich nur allmählich von dem barschen Ton des Käfers. Dann aber, der Tag wurde immer sonniger und mit der Wärme kam auch die Erwartung auf eine gute Zeit wieder, wurde das Osterei fast übermütig und es fühlte, wie seine Farben leuchteten und besonders das Gold blitzte, da begann es erst zu summen und dann zu singen, nicht sehr laut, aber mit Gefühl.

Etwas Braungraues kam über das Gras herangesprungen und setzte sich direkt vor dem Osterei zwischen die Baumwurzeln.

„Da mache ich meinen morgendlichen Rundgang und was muss ich hören, aus den Wurzeln ertönt Musik. Wer bist du denn und was machst du hier?"

„Ich bin ein Osterei und ich warte auf die Kinder, die mich abholen wollen."

„Aha. Ein Osterei. Was auch immer das sein mag. Ich bin ein Kaninchen und heiße Jasper. Ich bin mit meiner Familie schon seit Jahren hier in den Höhlen und Gärten zu Hause, aber so etwas wie dich hab ich hier noch nicht gesehen."

Das Kaninchen klimperte mit seinen großen blanken schwarzen Augen und schnupperte am Ei.

„Du bist ganz hübsch bunt, alles glitzert so. Das würde mir nicht gefallen, da wäre ich ja viel zu auffällig, die Menschen würden mich sofort sehen und noch mehr als bisher jagen. Pass auf, wenn..."

Da war ein Geräusch, etwas quietschte, dann klang es wie Scheuern, Holz auf Holz. Das Kaninchen presste sich in den Boden, legte die langen Ohren an, die Augen starrten ängstlich, etwas klapperte und dann konnte man ein Auto hören.

„Uff, das war knapp!"

Das Kaninchen wedelte heftig mit den Ohren und hüpfte einen halben Meter nach vorn.

„Noch mal Glück gehabt. Na denn, ich muss mal wieder."

Und schon hüpfte das Tier durch den Garten und war durch ein breites Loch im Drahtzaun verschwunden.

Der Tag ging seinen Gang. Das Osterei lag und wartete auf die Kinder, aber die waren weder zu hören noch zu sehen. Statt dessen kamen ein paar Fliegen, einmal eine dicke Hummel, die sich auf das Ei setzte und mit ihrem Rüssel an den Farben saugen wollte, dann aber enttäuscht von dannen flog. Gegen Mittag wanderten ein paar dunkle Wolkenschatten über den Rasen, am Nachmittag flatterte ein gelber Schmetterling heran und setzte sich, putzte seine Beine und flog dann elegant weiter durch die warme Luft. Das Osterei schaute und schaute sehr interessiert auf alles, was sich da so im Garten, in seinem Blickfeld tat. Der Abend kam und noch immer wartete das Osterei auf die Kinder. Vergeblich.

Die haben mich vergessen, dachte sich das Ei. Und was soll ich nun machen? Ich kann doch nicht einfach so hier herumliegen. Das bunte Osterei gab einen kleinen aber lauten Seufzer von sich. Es fühlte sich unnütz und allein.

Die Nacht brach an, und in der letzten Stunde dieses Tages kamen dunkle mächtige Gestalten durch das Loch im Zaun: eine Rotte Wildschweine begann, den Rasen mit ihren Schnauzen zu zerpflügen und in den Beeten nach Mäusen und Würmern zu suchen. Ein kleiner Frischling trippelte zum Apfelbaum und sah das Ei, quietschte leise, seine Mutter, eine erfahrene Bache, kam sofort herbei und stellte sich an die Seite ihres Kindes.

„Mama, was ist denn das?"

„Ich bin ein Osterei!" sagte das Ei ganz stolz.

„Soso."

Die alte Bache blickte auf das Osterei, dann sagte es zu ihrem Frischling:

„Damit du es lernst, ein Ei ist ein Ei und es schmeckt gut. Probier mal!"

Und der Frischling hörte auf Mutters Ratschlag und das buntbemalte Osterei verschwand im Maul des jungen Wildschweins.

Es schmeckte ihm sehr gut.

Für Mareike Liemann erdacht

AUF REBHUHNJAGD

Ritter Arne van Dries saß erwartungsvoll auf seinem Rappen und schaute am Waldesrand hinunter auf die Ebene, wo in der Ferne eine dünne Rauchfahne zu sehen war. Dort lag sein Schloss. Jetzt wurde sicher gerade das Mittagsmahl serviert; sein Frau Marie, eine geborene von und zu Oldenburg, saß nun mit beiden Töchtern im zugigen Saal vor dem Kamin, denn es war Herbst geworden in den nordischen Landen. Arne seufzte und wandte dann sein Ross um, es ging hinein in den dunklen Wald. Er war auf der Suche nach Rebhühnern. Er hätte so gern für seine Familie am Sonntag etwas Besonderes an Wildpret mitgebracht, aber seit der großen Jagd im letzten Monat mit dem Kurfürsten und dessen Gefolge waren Hirsche, Rehe und Wildschweine wie vom Erdboden verschwunden. Da waren Arne die Rebhühner eingefallen; die waren zwar kleiner und man brauchte davon eine ganze Menge, wenn alle satt werden sollten, aber die gab es noch. Erst in der letzten Woche hatte er eine Gruppe dieser Federvögel auf dem Acker von Bauer Knudsen gesehen. Er ritt so fürbass und schaute sich um. Er war nur selten in seinen Wäldern, meist ritt er aus, um auf einem Turnierplatz um Pokal und Sieg und Ehre zu kämpfen, oder auf eine andere Burg, um ein Fest zu feiern, einen Geburtstag oder einen Todesfall. Dann kam er immer in seiner dunklen Rüstung, mit geputztem Helm, auf dem die dunkelrote Helmzier weithin leuchtete. Heute war er nur mit einem leichten Lederwams bekleidet und den beiden Dolchen, die er zum Ausnehmen der Rebhühner benötigen wollte. Zum Fangen hatte er ein paar lederne Schlingen an der Satteltasche, denn wie der Freisasse Kleinfeld unlängst beim Heueinladen erzählt hatte, kann man die schlauen Vögel am Besten mit Schlingen fangen, die man auf den Laufwegen der Tiere auslegt.

Langsam schritt sein Rappe dahin.

Arnes Blick suchte zwischen den Buchen, Erlen und Weiden nach irgendeinem Tier, aber da sah er absolut nichts. Er kam an den Rand der Melsdorfer Au, ein kleiner Bach, der sich von dem Hügel hinunter ins Tal schlängelte; der Rappe beugte den Hals und trank von dem frischen Wasser. Der Ritter stieg ab, um dem Tier den Weg etwas zu erleichtern, nahm die Zügel in die Hand und führte das Pferd jetzt querab vom ausgetretenen Pfad durch den Wald, über faulende Stämme, hohe Farne, durch mit braungrauen Blättern gefüllte Senken und schlammige Pfützen ging es für beide. Arne schwitzte ein wenig, denn hier im Schatten hatte sich eine Art Hitze angestaut, die ihm unerklärlich war. Es konnte aber auch sein, dass diese ungewohnte Art der Bewegung daran schuld war. Er sah weißliche Pilze in Gruppen, hörte gelegentlich ein leises Rufen oder ein heimliches Rascheln, aber nirgendwo erblickte er ein Lebewesen. Kein Eichkater hüpfte durch die Zweige, kein Specht hämmerte, eine Stille war das, ihm ungewohnt und doch aufregend, er konnte sogar sein eigenes Blut in den Ohren pochen hören.

Schritt um Schritt ging es weiter hinein in den lichten Wald, das Laub zu seinen Füßen raschelte, da, plötzlich: ein Igel schob sich nach rechts in einen hohlen Baumstumpf hinein, lautlos. Igel, da war doch was?

Richtig, der alte Freisasse Krause hatte ihm erzählt, dass die Zigeuner gern Igel essen:

„Wisst Ihr, Herr, sie töten das Tier, nehmen es aus und packen es ganz in Lehm ein. Dann kommt diese

Lehmkugel in die Glut ihres Lagerfeuers, und nach etwa einer Stunde holen sie es wieder hervor und brechen den jetzt harten Lehmpanzer auf. Dann können sie das Fleisch des Tieres ohne Mühe verzehren, denn die Haut und die Stacheln stecken dann fest im Lehmpanzer."

Aber für seine Familie war ein Igelessen wohl nicht das Richtige. Arne hielt das Pferd an und tätschelte ihm den Hals.

„Ja, mein Alter, da werden wir aber ziemlich dumm ausschauen, wenn wir ohne gute Beute heimkommen werden."

Er dachte an seine Ehefrau, an Marie. Die war immer bestrebt, dem Alltag in der Burg etwas Farbe zu geben, und neben der Erziehung der Kinder war sie sehr um eine gute Küche bemüht, denn schon wie ihre Mutter konnte sie aus den simpelsten Vorräten etwas höchst Wohlschmeckendes herstellen. Natürlich mit Hilfe von Koch und Küchenhelfern, von Gärtner und Waldpfleger, die ihr zur Hand gingen und für frische Lebensmittel sorgten, je nach Jahreszeit oder Möglichkeiten; denn so oft kamen fremde Händler nicht in diese Gegend. Marie ging jeden Tag nach dem Frühstück hinunter in die große Schlossküche und besprach mit dem Koch das Essen. Wenn ein Fest bevorstand oder sonst Gäste erwartet wurden, dann saßen die beiden an dem langen weißgescheuerten Tisch und schrieben alles auf, was zu besorgen war, was gejagt werden sollte, was aus dem Schlossteich gefangen werden musste. Für Arne war es mitunter wie Zauberei, was die Marie auf den Tisch brachte, besonders ihre Bratensoßen waren sehr delikat.

Langsam schritt er weiter. Zwischen den Blättern der hohen Bäume konnte er gut den Sonnenstand ermessen, aber was sollte es ihm nutzen, die genauere Tageszeit zu wissen? Er suchte nach Beute, nach Nahrung für seine Frau und Kinder, und so wurde seine Laune immer düsterer, je weiter er in den Wald hineinkam.

Schließlich kam er auf einen Waldpfad, da konnte er wieder aufsitzen und in munterem Trab weiterreiten. Auch dem Ross schien es nun besser zu gefallen, denn mit frohem Schnauben folgte das brave Tier den Windungen des Weges.

Dann war auf einmal der Waldrand erreicht und Ritter Arne verhielt das Pferd, tätschelte ihm den Hals und schaute in die Landschaft.

Er bemerkte den hellen Rauch aus einem hingeduckten Bauerngehöft, das von einer Feldsteinmauer umgeben war, und ritt im Schritt darauf zu. Das war der Hof des freien Bauern Lorenz, dort holte seine Marie oft mit beiden Töchtern im Herbst die Honigkruken; denn mit Honig gesüßte Kirschlimonade war eine Spezialität der Beiköchin, und die Kinder sowie das gesamte Gesinde tranken nur zu gern von dieser Köstlichkeit.

Als Ritter Arne sich der Toreinfahrt schon ziemlich genähert hatte, hörte er das Gackern von Hühnern und dann endlich auch das Krähen eines Hahnes. Nun, warum denn nicht, dachte er bei sich, wenn ich keine Rebhühner fangen konnte, dann kann ich mir doch ein paar Hühner mitnehmen und sie dem Koch bringen. Der wird daraus dann schon ein rechtes Wildpret kochen können, mit einer scharfen Soße vielleicht oder aufgeteilt als eine Art Suppe mit viel rotem Wein oder so, was weiß denn ich. Das werde ich alles dem Koch überlassen, Hauptsache ist doch, dass wir alle etwas Gutes zu essen haben und Marie sehr überrascht sein wird.

Als er durch die Hofeinfahrt ritt, konnte er links den Hühnerstall mit dem Auslauf erkennen, der von einem kleinen Weidenzaun abgetrennt vom übrigen Hof war. Er ritt weiter an die Seitenfront des Langhauses. Dann zog er überrascht die Zügel fest an und der Rappe stand sofort und schnaubte.

Vor sich sah der Ritter die rotgestrichene Seitentür, hinter der die Küche des Hauses lag, wie er wusste. Davor saßen die Bäuerin Gerlinde mit ihrer Magd Urte und sie saßen inmitten eines Federgewirbels. Die beiden Frauen rupften Rebhühner, sie waren so vertieft in ihre Arbeit, dass sie den Reiter zunächst gar nicht bemerkten. Die Federn flogen nur so um Köpfe und Leiber, der Boden war schon bedeckt von ihnen. Ritter Arne stieg ab und grüßte. Da endlich blickten die Frauen auf und erhoben sich halb, Bäuerin Gerlinde winkte und sagte:

„Ich grüße Euch, Herr Ritter! Seid nicht böse, wenn ich keine ordentliche Verbeugung machen kann, aber mein Rücken. Ich bin schon froh, wenn ich hier der Urte zur Seite stehen kann und ihr helfe, die Hühner zu rupfen."

Magd Urte sagte kein Wort, nickte nur kurz und rupfte dann weiter. Arne trat näher und fragte, wo denn die vielen Rebhühner hergekommen seien.

„Aber Herr, wollt Ihr Euch über uns lustig machen? Der Waldpfleger und Jagdaufseher hat sie uns gebracht. Er meinte, dass Eure Herrin, Frau Maria, solch eine Lust auf gebratenes Rebhuhn habe, sie könne einfach kein Schwein mehr auf der Tafel sehen, und für Rindfleisch sei jetzt noch nicht die Zeit gekommen, und Gänse sind ja erst zu Martini fällig. Also hat Eure Herrin den Jagdaufseher beauftragt, als kleine Überraschung für Euch, dass er Rebhühner fangen solle, und der brachte sie dann her, denn Frau Maria weiß sehr wohl, dass unsere Betten es bitter nötig haben, neue Federn zu bekommen. Die alten Daunen und Hühnerfedern sind seit zwei Jahren schon in den Laken und ganz klumpig geworden, besonders bei dem Bauern. Aber der wälzt sich ja auch so oft herum, es ist eine Schande. Und da dürfen wir alle Federn haben, wenn wir die Vögel gut gerupft in Eure Küche bringen lassen. So war der Handel mit dem Waldpfleger und Jagdaufseher."

„Ah ja. Ich sehe schon, dass sich alles ganz trefflich eingerichtet hat. Ihr werdet bessere und wärmere Nächte haben, vor allem in diesem Winter, und wir werden auf der Burg ein gutes Mahl zu uns nehmen können, nicht wahr?!"

„Ganz gewiss, werter Herr! Ich denke, wir werden gegen Abend hier fertig sein und dann kann die Urte mit dem Gespann die Vögel in Eure Küche bringen."

Ritter Arne nickte den beiden fleißigen Frauen zu, bestieg seinen Rappen und machte sich auf den Rückweg.

Das war wieder typisch für seine Frau. Maria war mitunter zu ungeduldig, auch mit den Kindern; es konnte ihr zuweilen nicht schnell genug gehen. Und er, nun, Arne hatte keine sehr hohe Meinung von sich, aber auch er musste zugeben, dass seine Frau Maria und er im Laufe der Jahre nun öfter die gleichen Ideen, die selben Gedanken hatten. Wie jetzt die Sache mit den Rebhühnern. Und so ritt er leicht schmunzelnd und frohen Gemütes zurück zur Burg.

DER HÖHLENFORSCHER

Eigentlich war er ganz ruhig. Aber tief im Innern war Nikolaus Czerwinski doch ziemlich aufgeregt. Denn er war den Andeutungen seines Onkels gefolgt, dessen Tagebuch er vor zwei Wochen unter den alten Zeitungen und Landkarten in der Schublade des Schrankes gefunden hatte, als er dessen Wohnung leergeräumt hatte. Der Onkel war gestorben, einfach so, ohne längere Vorerkrankung oder eine Leidensgeschichte, und als einziger Verwandter hatte Nikolaus dann die Aufgabe, dessen Bestattung zu organisieren und seine kleine Wohnung zu räumen. Und da hatte er das Tagebuch gefunden, zu Hause angelesen und dann die Absätze über den Grottenolm gefunden.

Nikolaus war selbst ein in seinen Kreisen geschätzter Höhlenforscher und hatte einen Ausflug in die berühmte Tropfsteinhöhle im Kaukasus geplant, aber im Tagebuch des Onkels waren diese Andeutungen über eine wissenschaftliche Sensation, denn dort stand, dass es in den Kalksteinhöhlen nahe der Grenze eine bestimmte Art von Grottenolmen geben solle. Diese seltenen Tiere standen unter Naturschutz und auf der roten Liste, wie Nikolaus wohl wusste, aber man kannte sie nur als Bewohner der Karstgebirge in Kroatien. Hier im polnisch-deutschen Grenzgebiet hatte man sie noch nie entdeckt. Im Tagebuch des Onkels stand es jedoch deutlich zu lesen und sogar der Eingang zum Höhlenlabyrinth war angegeben.

Nun waren Grottenolme keine sehr bekannten und beliebten Tiere und es gab nur wenige Menschen, die sich für sie wirklich interessierten. Die meisten hatten noch nie ihren Namen gehört. Nikolaus hatte auch noch nie eines der seltenen Tiere gesehen und sich im Internet ein paar Bilder von den weißen Amphibien angesehen, für ihn sahen sie fast wie Salamander aus; als Kind hatte er oft im Wald gespielt und dort einige Feuersalamander gesehen. Für die Fachwelt aber wäre es eine Sensation, wenn diese Art hier im Grenzgebiet aufgefunden würde, und der Entdecker wäre dann ein gemachter Mann. Nicht nur eine lobende Erwähnung in der Reptilienzeitschrift, es würde auch sicher eine Medaille geben oder Einladungen zu Vorträgen in Schulen, vielleicht im ganzen Land, an den Hochschulen sogar, oder dann in der EU. Jetzt wäre das alle gut denkbar, die Zeiten der engen Grenzen waren ja zum Glück vorüber.

Also packte Nikolaus kurzentschlossen seine Ausrüstung fertig und entschied sich, den Spuren des Onkels zu folgen und nach dem Grottenolm zu suchen. Er nahm mehr Reservebatterien mit für die Lampen und Kameras als sonst, denn er wusste natürlich nicht, wie lange diese Expedition dauern würde. Und seinen Kletterfreunden erzählte er auch nichts, denn für den Fall, dass er tatsächlich dort tief unter der Erde auf diese farblosen Tiere stoßen sollte, dann wollte er den Ruhm für sich allein haben, wollte als Erster und Einziger mit den Fotos in die Fachzeitschriften kommen und vielleicht sogar als Entdecker des Jahres gefeiert werden, und wer weiß, unter günstigen Umständen könnte er dann sogar nach USA oder England auf einer der guten renommierten Universitäten kommen. Man würde ja sehen. Und davon träumen war ja erlaubt.

Frohgemut fuhr er also zu dem kleinen Dorf, wo auch schon der Onkel seinen Wagen geparkt hatte. Er schnallte sich den Rucksack über und stapfte beherzt vorwärts, den Kompass immer wieder kontrollierend.

Einerseits war es ziemlich günstig, dass der Höhleneingang hier im Grenzgebiet verborgen lag, denn vor dem Niedergang des sowjetischen Einflussbereiches war alles hier Sperrgebiet gewesen, da gab es nur diesen schmalen Pfad direkt am Stacheldraht, auf dem die Armeewagen zur Kontrolle mehrfach am Tage längsgefahren waren. Keine Touristen, keine verirrten Pilzesammler, keine Forstbeamten waren in dieser Gegend unterwegs gewesen. Überall unberührte Natur, viele Wildschweine, Hasen und Füchse.

Andererseits war es ungünstig, dass es hier wirklich nichts gab, nicht einmal ausreichende Funkmasten; denn, wie Nikolaus feststellen musste, sein Handy war tot, es gab keine Verbindung. Nichts. Und so querte er Lichtungen und dichtes Gestrüpp, kletterte über gestürzte Fichten und Lerchen, die Sonne stand schon hoch, als er endlich die graugesprenkelten Felsen zum Höhleneingang erblickte. Nikolaus musste noch ein dorniges Gewirr von Brombeerranken entfernen, ehe er den etwas schrägen Einstieg im Fels betreten konnte. Er setzte seinen Plastikhelm mit der starken Stirnlampe auf, ein letzter Blick in die unberührte Naturlandschaft und zum Himmel, dann stieg er hinein. Im Lichte der hellen Stablampe kam er gut voran, der mannshohe Gang schien an einigen Stellen behauen zu sein, vielleicht hatten hier Partisanen im Kriege sich versteckt oder Flüchtlinge verborgen gehalten, der Boden zeigte jedoch deutlich, dass seit Jahren niemand mehr hier entlang gegangen war.

Die Luft war gut und roch frisch, insgesamt war es hier im engen Gang etwas kühler als im Wald draußen. Er wunderte sich ein wenig, dass es keinerlei Abzweigungen oder Aushöhlungen gab. Trotz der vielen Windungen und Biegungen hatte Nikolaus den Eindruck, dass es insgesamt leicht nach unten ging. Dann hörte er etwas. Er hielt inne, ja, da war etwas, aber was? Es klang wie so ein Geriesel, wie ein Geplätscher unter der Dusche, aber stärker, noch verhalten, aber erkennbar. Er ging weiter und das Geräusch wurde stärker, als er dann um eine Felsennase bog, war es ihm klar:

Vor ihm lag eine weite Höhle und genau gegenüber sprudelte ein Wasserfall von etwa zehn Metern Höhe die Wand hinunter.

Er schaute auf die Uhr, schon eine volle Stunde war er hier durch den Gang geschritten und nun in diese Kalksteinhöhle gekommen. Mit der Stablampe durchleuchtete er sie, von einigen Stellen der Decke hingen Stalagmiten herunter, auf dem Boden hatte sich ein kleiner flacher See gebildet und ein paar Stalagtiten standen hier meterhoch, und ganz oben war ein Loch in der Höhlendecke, durch das ein dicker grüner Ast gewachsen war und etwas Licht in den hohen Raum brachte. Nikolaus schritt vorsichtig am Rande des Sees entlang hin zu dem Wasserfall, der in den See plätscherte und dann in einem armdicken Abfluss verschwand. Sonst gab es keinen Ausgang. Nikolaus schritt langsam und nachdenklich um den ganzen See herum. Eine Tropfsteinhöhle mit Zugang zur Oberfläche, sonst nichts. Keine weißen Grottenolme, keine Höhlenmalereien, keine Geheimnisse. Keine Spuren von vorübergehenden Bewohnern, seine Vorstellungen von Rettungshöhle oder Partisanenunterschlupf waren zerplatzt. Aber sein Onkel hatte doch ausdrücklich von den Olmen geschrieben, wie beweglich sie waren und wie sie schimmerten im Lichte der Lampe, das konnte er sich doch unmöglich alles aus den Fingern gesogen haben.

Denn bisher waren alle Dinge ganz genau so gewesen, wie der berühmte Onkel es in seinem Tagebuch beschrieben hatte. Also, wo nur waren diese Tiere geblieben? Und wo waren Spuren seines Onkels? Nachdenklich ließ er den hellen Strahl der Lampe in der Höhle herumwandern. Der Wasserfall, ja, das musste es sein! Er ging beherzt dorthin und tastete sich durch das Nass. Da war es, hinter dem herabstürzenden Wasser gab es ein Loch in der Wand.

Nikolaus schritt durch das Wasser hinein, ein neuer Gang tat sich vor ihm auf, etwas schmaler und enger, aber die Luft war genau so kühl, vielleicht etwas feuchter, oder es kam ihm nur so vor, weil er durch das Wasser gegangen war. Ein kleines Rinnsal lief ihm voran, eine Abzweigung, sicher durch den Wasserfall gebildet, und weil der Boden hier abschüssig war, hatte sich eine kleine Rinne im Laufe der Zeit ausgebildet, der Nikolaus jetzt folgte.

Immer wieder musste er den Kopf einziehen und sich um enge Biegungen herumwinden, es dauerte eine ganze Weile, dann kam er zu einer Ausweitung, einer kleinen Durchgangshöhle. In einer metergroßen Pfütze stand Wasser und ein kleines Bächlein lief weiter einen Gang entlang. Nikolaus stutzte. Etwas schimmerte grünlich am Boden der Pfütze. Er schaute genauer hin, es war eine Art von Pflanze, Algen vielleicht? Das blasse Grün, vermutlich lebte diese Pflanze von Mineralien aus dem Wasser. Oder irgendein Samen war vom Wasser aus der großen Höhle hier hineingespült worden und hatte sich im Laufe der Zeit verändert, angepasst, die Natur ist ja immer sehr anpassungsfreudig und flexibel. Nikolaus hörte seinen Magen grummeln und schaute auf die Uhr. Er war jetzt schon seit mehr als acht Stunden unterwegs, vom Abstellen des Wagens an gerechnet. Zeit für eine Rast.

Er setzte sich an den Rand der Pfütze auf das Gestein und tropfte eine Kerze auf einem Felsenvorsprung fest. Nikolaus schaltete die helle Stablampe aus, er wollte die Batterie schonen. Im flackernden Kerzenlicht holte er aus dem Rucksack die Krakauer Mettwurst, das Landbrot und die getrockneten Aprikosen, Wasser hatte er ja genügend zur Verfügung. Er schnitt sich von Wurst und Brot ab, was er verzehren wollte und kaute bedächtig. Das Bächlein zu seinen Füßen floss konstant den dunklen Gang weiter und er spekulierte, ob wohl irgendwann wieder solch eine große Höhle auftauchen oder ob das Wasser einfach in einem Loch verschwinden würde. Wurst und Brot waren bald aufgegessen, Nikolaus steckte das Messer wieder weg und öffnete die Plastiktüte mit den Aprikosen; diese riss aber, so dass eine Menge der getrockneten Früchte zu Boden fielen. Er bückte sich hinunter und suchte danach und da, aus den Augenwinkeln heraus, bemerkte er die Bewegung. Da waren sie auf einmal, die Grottenolme. Er sah erst einen aus einer Ritze auftauchen, ganz weiß, augenlos, die Schnauze witternd erhoben, und den langen Schwanz zog das Tier hinter sich her, dann noch einer, und aus einer anderen Felsspalte kamen noch zwei. Der Onkel hatte doch Recht gehabt! Und vielleicht waren diese Tiere zunächst nicht aufgetaucht, weil die Stablampe einfach zu hell für sie gewesen war. Jetzt mit dem Kerzenlicht war es schummeriger, dunkler und wärmer, natürlich waren die Tiere augenlos, aber sie mussten einen Instinkt für Helligkeit haben, soviel wusste Nikolaus aus dem Internet.

Jetzt schnell ein paar Bilder machen zum Beweis. Nikolaus stand auf und wollte zum Rucksack greifen und die Kameras herausholen, da rutschte er auf dem nassen Boden aus und fiel, sein Kopf prallte gegen einen Felsvorsprung und er sank blutend zu Boden. Der Onkel hatte doch Recht gehabt, das war sein letzter Gedanke.

Das Blut vermengte sich mit dem Wasser des Baches, die Grottenolme wurden von dem Duft der getrockneten Früchte angezogen und schon bald waren die Aprikosen vertilgt. Die Kerze brannte herunter, dann war in dieser kleinen Höhle unter dem Karstgebirge wieder die gewohnte Dunkelheit und Stille.

DER SCHATZ

Ulla hatte nicht gut geschlafen. Sie hatte zwar in ihrem eigenen Bett gelegen, ein breites solides Holzbett mit der eigens für sie ausgesuchten bequemen Matratze, aber sie hatte sich immer wieder herumgewälzt und sogar ein wenig geschwitzt. Es war natürlich nicht das Bett, es war die ungewohnte neue Umgebung. Alles war fremd, alles roch so anders, keine vertrauten Geräusche in der Nacht, selbst die Dunkelheit erschien ihr weniger dunkel zu sein. Sie waren erst gestern umgezogen in diese neue Wohnung.

„Es wird langsam Zeit", hatte ihr Mann Gerhard im November zu ihr gesagt, „ich merke es in den Oberschenkeln, und mein Rücken erst; diese Treppen, und auch mit dem Atem, ich bin völlig fertig, wenn ich oben bin."

Auch sie selbst hatte den Aufstieg zur vierten Etage nicht mehr in einem Rutsch geschafft, wenn sie vom Markt mit dem schweren Einkaufsnetz die Treppen emporgestiegen war. Sie hatten alles auch mit ihren beiden Kindern, Maria und Jens, besprochen, und diese waren auch dafür, dass sich ihre Eltern nicht mehr so quälen sollten. So hatte sich also Gerhard umgehört, in der Zeitung unter Immobilien nachgeschaut und sie hatten ihre Freunde und Bekannten angesprochen, und da war es ein Glücksfall gewesen, diese Eigentumswohnung war im Februar freigeworden. Ein langer braunschimmernder Wohnblock mit insgesamt vier Eingängen, die Wohnung in der dritten Etage, aber mit Fahrstuhl. Es waren vier große Zimmer, zur Straße drei schöne Zimmer und zum Hof das Schlafzimmer, Bad und Küche mit kleiner Speisekammer. Die voll eingerichtete Küche hatte sogar eine Geschirrspülmaschine, und es gab einen schmalen Balkon am Wohnzimmer. Ulla hatte die neue Wohnung gleich gefallen, es war weniger Arbeit, sie konnte alles gut mit dem Staubsauger reinigen, und das leidige Abnehmen und Aufhängen der Gardinen war auch erheblich leichter, denn in allen Zimmern waren Gardinenschienen schon in der Decke eingelassen. Sie brauchte also nur neue Befestigungsröllchen zu kaufen. Die Wohnung lag zwar in einem ganz anderen Stadtteil, sie mussten mit dem Bus fahren, wenn sie ihre alten Freunde in der gewohnten Umgebung besuchen wollten. Aber es gab einen Supermarkt nur fünf Gehminuten entfernt, und dieser hatte am Schaufenster die angenehme Ankündigung, dass alle Bestellungen auch am gleichen Tag noch ins Haus geliefert werden konnten.

Ulla rückte das pralle große Kissen an die Rückwand und setzte sich bequemer. Sie hörte Gerhard neben sich leise schnarchen; er schien von den Aufregungen eines Umzugs nicht weiter berührt zu sein. Ulla seufzte leise. Sie hatten fast dreißig Jahre in der alten Wohnung gelebt, sie kannte dort jede Ecke, jede Kante, hatte selbst oft genug neu tapeziert. Natürlich hatten sie die Wohnung nicht „besenrein" übergeben, sondern Ulla hatte sie gründlich gereinigt. Nur den dunklen Fleck, - er war vor acht Jahren als Auswirkung von Gerhards Bemühungen, selbst Heidelbeerwein herzustellen, durch den Teppich auf die Bohlen gelaufen und hatte sich hartnäckig geweigert, ganz entfernt zu werden - den hatte auch Ullas letzte Anstrengungen nicht wegputzen können.

Sie hatten schon Wochen vor dem Umzug begonnen, ihre Besitztümer zu sortieren. Ein paar Bilder hatten sie den Kindern mitgegeben, und Ulla hatte gründlich in der Küche aufgeräumt und viele Küchengeräte, die sie meinte, nun nicht mehr zu brauchen, hatten sie in Feli Dunckers Auto zu der Containersiedlung gebracht, in der die Stadt syrische Flüchtlinge untergebracht hatte. Die Helfer dort hatten gern die Küchengeräte, die Töpfe, Pfannen und das Geschirr entgegengenommen und Ulla hatte ziemlich stolz gesehen, wie sich die Freude über die gepflegten und sehr brauchbaren Sachen in den dunklen Gesichtern der Flüchtlingsfrauen wiedergespiegelt hatte.

Sie hatte daraufhin gleich die Schränke durchgeschaut und so manches Kleidungsstück für die Flüchtlinge aussortiert. Auch Gerhard hatte sich wenn auch schweren Herzens von so manchem liebgewordenen Jackett, Pullover oder Mantel getrennt. Die für spätere Gelegenheiten im Alter zurückgelegte Sportbekleidung, wobei die Turnschuhe noch in den Originalkartons eingepackt waren, hatten sie vollständig in die blauen Säcke gesteckt, die ihre Freundin Feli dann abgeholt und weggebracht hatte.

Gerhard hatte am Wochenende seine von ihm so geliebte Sammlung von Schnupftabaksdosen eigenhändig eingepackt. Er hatte nie geraucht und auch nicht geschnupft, es war auf einem Ausflug nach Berlin gewesen, sie hatten dort in einem Museum die Sammlung von Friedrich dem Großen gesehen und ganz plötzlich war Gerhards Liebe zu den kleinen meist porzellanenen Döschen erwacht. Seither gingen sie auf jeden Flohmarkt in der näheren Umgebung und Gerhard blieb vor jedem Antiquitätengeschäft stehen und beäugte dessen Auslagen in allen Städten, die sie bereisten, und hin und wieder fand er auch ein schönes Sammlerstück. Ulla konnte das gut tolerieren, die Sammlung nahm nicht sehr viel Platz weg und sie war eher froh, dass ihr Mann sich als Hobby nicht wie Günter Wennheim eine Anlage für die elektrische Eisenbahn ausgesucht hatte. Der Günter hatte schon ein ganzes Zimmer mit dem Aufbau und der Fertigstellung seiner Schienenplanung und dem Bauen ganzer Dörfer und Tunnel beschlagnahmt und seine Frau Gisela war ganz verzweifelt, weil Günter jetzt kaum noch Zeit für gemeinsame Aktivitäten hatte und zweitens noch mehr Raum der gemeinsamen Wohnung beanspruchte. Nein, da war Ulla schon Gerhards ruhige Sammelleidenschaft von Schnupftabaksdosen tausendmal lieber.

Das Licht vom Fenster her wurde zusehends heller. Jetzt, Anfang Juni, begannen die Tage früher. Heute wollte sie als erstes hier im Schlafzimmer die Gardinen anbringen, das würde sie ohne Gerhards Hilfe machen können, sie hatte ja den klappbaren Hocker, eine Leiter brauchte sie nun nicht mehr für die Gardinen, das war auch ein Vorteil der neuen Wohnung.

Sie stand auf und schaute aus dem Fenster hinunter in einen Innenhof. Gesäumt von drei anderen ähnlich hohen und aus dem gleichen Stein gebauten Wohnblocks sah sie unten auf einen Spielplatz mit Wippe, Sandkiste und Klettergerüst, dürre Buchsbaumhecken trennten diesen ab von einer Art Rasen, auf dem drei Bäume sich um Höhe bemühten und ihre kleinen Blätter der Sonne entgegen reckten. Sandwege ringsherum und quer, eine sicher alte Teppichklopfstange am Rande, das war alles. Teppichklopfen, wann hatte sie so etwas wohl zum letzten Mal gesehen? Das musste ja schon Jahrzehnte her sein. Noch bevor sie ihre alte Wohnung bezogen hatten, ja, sie war noch nicht einmal mit Gerhard zusammen gewesen, das war bei Schindlers gewesen, als sie während der Ausbildung dort in Untermiete gewohnt hatte.

Ulla putzte sich die Nase und ging ins nächste Zimmer, ins Badezimmer. Die undurchsichtigen Scheiben machten das große Fenster blickdicht, aber die Morgensonne erhellte schon den Raum, so dass Ulla sich im Spiegel über dem Waschbecken gut sehen konnte. Sie machte sich für den Tag fertig, zog ihren Morgenrock an und ging dann in die Küche. Dort standen etliche Kartons auf und unter der langen Arbeitsplatte, auf dem Herd war ein schwerer mit der Aufschrift „Küchengeräte". Diesen öffnete Ulla zuerst und holte Wasserkocher, Messbecher, zwei große Pfannen, die kleine Eierpfanne –so nannte sie Gerhard immer, weil in dieser kleinen gusseisernen Pfanne Ulla nur Spiegeleier briet und sonst nichts – Muskatreibe, Kaffeemaschine, Schöpfkellen, Holzlöffel, Waffeleisen, eine indische Blechdose mit Assamtee, den Käsehobel, Nudelholz und Kuchenformen hervor, stellte alles beiseite und füllte zunächst die Kaffeemaschine mit Wasser und gemahlenem Kaffee und schaltete sie ein. Dann ordnete sie die Umzugskartons so, dass ein wenig Platz entstand.

Mein Gott, wie viel Kram sich doch in einem Haushalt findet. Dabei hab ich doch schon so viel weggeschmissen oder verschenkt. Man hat eben immer zuviel. Und Gerhard ist immer noch der Meinung, dass man von guten Dingen nie genug bekommen kann. Mag ja sein, dass er recht hat, ich möchte auch viele gute Dinge haben. Aber ich brauche doch keine zwei Bügeleisen oder Messerblocks, lieber hätte ich zwei große Fächer mehr im Kühlschrank, dann könnte ich so viel Spargel einfrieren, der wird jetzt immer günstiger. Und dann im Herbst, zu seinem Geburtstag, da mache ich dann eine große Spargelplatte mit Katenschinken. Den Schinken gibt es ja das ganze Jahr über, aber der Spargel...

Die Kaffeemaschine signalisierte, dass der Kaffee fertig durchgelaufen war. Ulla goss sich eine Tasse ein und begann mit dem Einräumen der Töpfe und Pfannen in die Unterschränke und die beiden Hängeregale. Sie fand es besonders elegant, dass hier direkt über dem Herd ein Gewürzregal angebracht war. Leider passten ihre großen Dosen mit getrockneten Zwiebeln und Kerbel nicht hinein. Sie kramte und sortierte, trank hin und wieder einen Schluck Kaffee und faltete die leer gewordenen Kartons, stellte sie auf den Flur. Die kamen dann alle hinunter in die Kellerräume, wo schon ein Teil der nicht mehr oder noch nicht genutzten Dinge lagerten. Für Gerhard war das auch ein wesentlich positiver Grund gewesen, sich für diese Wohnung zu entscheiden:

„Weißt du, so ein abgetrennter Keller, da kann man vieles lagern, und wenn man dann merkt, so nach einigen Jahren, dass man da einen Karton hat, den man noch nie aufgemacht hat, den kann man dann getrost wegwerfen. So reduziert man mit der Zeit ohne große Anstrengung sein Hab und Gut und nur das bleibt übrig, was man wirklich braucht."

Ulla hatte gelacht und dann auf die vielen Kartons mit den Schallplatten gezeigt.

„Du hast vielleicht Ansichten. Glaubst du denn, dass du auch nur ein Drittel von den Schallplatten hören wirst im Laufe des Jahres, und wirst du dann vielleicht im nächsten Mai die nicht gehörten Platten alle wegwerfen? Das glaubst du doch selber nicht!"

„Da magst du recht haben. Aber mit Platten, mit Musik ist es doch eine ganz andere Sache. Du weißt doch selbst, es hängt immer von der Stimmung ab, ob man Musik hört und welche. Ich kann nicht jeden Tag Sibelius hören oder auch Benny Goodman, an manchen Tagen ist eben Mozarttag, andere sind für Beethoven oder Schubert oder schlichte Schlager. Dein geliebter Hans Albers, den kannst du doch auch nicht jeden Tag singen hören, oder die rote Milva."

„Also, du kannst daran mal wieder sehen, alles hat seine Ausnahmen. Wir werden also alle Platten behalten, und wenn wir mit neunzig dann noch Milva hören wollen oder Schubert, dann können wir es einfach tun. Wir haben es ja im Hause."

Ulla kniete vor einem der Unterschränke und räumte das Waffeleisen ganz hinten in die Ecke, sie würden es in der nächsten Zeit wohl nicht brauchen, als Gerhard in der Tür stand und laut lachte. Ulla kam hoch, ihr Kopf war deutlich gerötet, und sie wischte sich ein paar Haare aus dem Gesicht.

„Na, meine Schöne, das find ich aber gut, dass du früh am Morgen schon vor mir niederkniest."

Ulla stand auf:

„Das machen eigentlich die Männer vor mir. Sie werfen sich in den Staub, damit ich sie beachten soll und mit ihnen rede. Aber du, du bist mir einfach zu urban für so etwas. Also, denk daran, du alter Ehekrüppel, deck den Tisch im Esszimmer und stell schon mal die Stühle auf."

„Ich weiß etwas Besseres: ich werde losgehen und uns frische Brötchen holen, Frau Gräfin. Du machst weiter Ordnung und deckst den Tisch und ich gehe, wie es die Männer zu allen Zeiten gemacht haben, sie gingen hinaus in die Welt, um für Frau und Kinder Brot und Fleisch zu erbeuten."

Sie gaben sich einen Kuss und Gerhard ging ins Bad. Ulla stellte im Wohnzimmer die Kartons so um, dass sie vom Tisch aus einen freien Blick aus dem Fenster haben konnten, stellte die Stühle auf und suchte nach einem freien Platz für den Karton mit der Aufschrift „Konserven". Als sie ihn gefunden hatte, nahm sie Butter, Marmelade, die verpackte Wurst und die Plastikdose mit dem Käse aus dem Kühlschrank; die Gurkensticks und die Sülze im Glas ließ sie stehen bei den dort schon platzierten angebrochenen Flaschen und Gläsern mit Ketchup, Remoulade, Sahnemerrettich, roter Chilisauce, Majonaise und Orangenmarmelade. Dann holt sie einmal tief Luft, ging ins Schlafzimmer und zog sich an.

Die ganzen nächsten Tage waren Ulla und Gerhard Bahnsen mit dem Ausräumen der Umzugskästen und dem Einräumen in Regale, Schränke und Kommoden beschäftigt. Gegen Ende der Woche konnten sie schon Besucher einladen, und als erste kam Felicitas Duncker mit ihrem Mann Heiner. Sie bewunderten die Wohnung und Feli konnte nicht anders als sich über die Bilder aufzuregen:

„Sagt mal, dieses Mädchen, und das im Schlafzimmer. Braucht ihr denn immer noch solch erotische Anregungen?"

Gerhard wandte sich ab und ging ins Wohnzimmer, die Gläser mussten neu gefüllt werden. Er konnte Felis Getue, wie er es nannte, nicht gut ab. Aber sie war nun mal Ullas älteste Freundin, da hatte sie gewisse Vorrechte. Am Nachmittag kamen noch Detlev Plückhahn mit Frau und dem kleinen Kind, der Sohn war erst fünf Monate alt und Vaters ganzer Stolz. Alle lobten Ulla und Gerhard für den geglückten Umzug:

„Und dann der Lift. Wenn ihr erst mal ins Alter kommt, ich meine so richtig, und die Knochen dann nicht mehr so recht wollen, dann werdet ihr noch sehr dankbar sein für den Aufzug. Und die ganzen schweren Wasserflaschen braucht ihr auch nicht mehr zu schleppen."

Am Sonntag kamen Günter Wennheim und seine Frau Gisela. Sie brachten für die beiden Wohnungsbesitzer eine Neuheit mit, einen Sodastreamer.

„Das ist ganz einfach und es erspart euch das Kistenschleppen und das Zurückbringen des Leergutes. Ihr füllt hier einfach die Plastikflaschen mit Leitungswasser und dann zisch, gebt ihr aus dem Sprudler die Kohlensäure dazu. Und dann macht ihr je nach Geschmack noch einen Zusatz hinein, Cola oder Orange, Minze oder Apfel. Dann braucht ihr später nur noch die leere Patrone im Supermarkt gegen eine volle neue zu tauschen. Kein Kistenschleppen mehr, schont Rücken und Gelenke. Und ihr habe immer genau das Getränk, was ihr wollt."

Ulla bedankte sich und Gerhard probierte gleich die erste Flasche aus, er nahm Orangengeschmack. Sie alle probierten und fanden es gut. Am Abend beim Insbettgehen meinte Gerhard:

„Das war eine wirklich gute Idee, das mit der Kohlensäurepatrone. Ich wünschte mir nur, es gäbe sowas auch für Wein oder Bier."

„Also für Wein, den können wir uns ja liefern lassen, und da ist in der Speisekammer noch viel Platz. Das mit dem Bier, nun ja, vielleicht musst du in Zukunft nur noch in der Kneipe trinken. Da ist doch eine gleich um die Ecke, hab ich gestern gesehen."

Im Laufe der Woche klingelte Gerhard bei den anderen Mietern oder Besitzern der Wohnungen im Block, stellte sich vor und lud sie ein, doch zu ihnen zum Kaffee zu kommen. So lernten sie in den ersten beiden Wochen ihre Nachbarn kennen, bis auf die Familie Gerberding, die waren vereist. Herr Missfeld aus dem zweiten Stock, der auch eine Eigentumswohnung erworben hatte, aber schon vor zehn Jahren, erzählte ihnen von den Vorbesitzern:

„Also die Robrahns waren eine nette Familie, tragisch war es schon, sie hatten sich erst vor vier Jahren hier eingekauft. Und dann dieser schreckliche Autounfall, es war Glatteis, mitten im Februar. Nein, Kinder hatten die nicht, sie waren aber miteinander ganz zufrieden, soweit ich weiß. Er war bei der Stadt beschäftigt gewesen, ein echter Beamter. Die hatten alles schon geregelt, ich meine das mit der eigenen Beerdigung, es gab nur eine Seebestattung, sie hatten ja keine Verwandte, die sich um eine Grabstätte hätten kümmern können. Ihren Nachlass hatten sie dem Tierschutzverein gestiftet. Die sind dann auch gekommen und haben alles leergeräumt."

Und dann zeigte er ihnen noch ein paar Fotos, von einem der vielen Hoffeste der letzten Jahre, auf denen konnten sie die Vorbesitzer, wenn auch etwas verschwommen, sehen. Ulla warf nur einen kurzen Blick darauf, sie mochte irgendwie nicht an die toten Vorbesitzer denken, das verursachte bei ihr ein seltsames Ziehen im Magen, überhaupt hatte sie immer viel Mühe, wenn es um Tod oder Beerdigungen ging, sie schob derartige Gedanken meist schnell weg.

Von allen Nachbarn gefiel ihnen am Besten die Familie Schubert, der Mann, Rudi, war bei den Stadtwerken und zuständig für Wasser und Abwasser und deren Weiterentwicklung. Ulla fand das prima:

„Dann kann er ja sofort etwas unternehmen, wenn unsere Leitung mal defekt sein sollte oder der Hahn in der Wanne leckt."

Gerhard konnte sich mit Anne Schubert, Rudis Frau, auch anfreunden, sie verstand viel von Kunst, Mode, zeitgeschichtlichen Entwicklungen, und er zeigte ihr voller Stolz seine kleine Schnupftabakdosensammlung, die er im sogenannten Arbeits- und Gästezimmer in der obersten Schublade seiner Kommode in eleganten Pralinenkartons verwahrte.

„Wie sind Sie nur auf solch ein Sammlergebiet gekommen?"

Anne war begeistert, besonders von den bemalten Biedermeierdosen; davon besaß Gerhard vier, die waren so um 1830 datiert. Er hatte sie auf einer Auktion im Winter günstig erwerben können.

„Wissen Sie, Anne, ich habe mich seit der Schulzeit immer für Geschichte interessiert und war dann so begeistert vom alten Fritz, dem König von Preußen. Aber meine finanzielle Lage erlaubte mir natürlich nicht, einen großen Garten zu haben oder gar Windhunde zu züchten, da bin ich dann, als ich endlich in Rente war, im Urlaub in Bayern auf die Tabatieren gestoßen. Die Bayern schnupfen ja ziemlich viel, sie nennen es dort Schmalzler. Und es gibt viele Hersteller von original bayerischen Schmalzlertabak. Also Friedrich der Große würde sich ja im Grabe umdrehen, Schmalzler, nein, er nannte es Tabak und Tabatiere. Aber ich habe leider nie französisch in der Schule gehabt. Aber mir gefiel es dann ganz gut, auch so eine kleine Macke wie der große

Preuße zu haben, und so bin ich irgendwie auf das Sammeln dieser kleinen Kostbarkeiten gekommen."

„Ist es denn sehr teuer, ich meine, diese alten Stücke, die sind doch eher etwas für das Museum, oder?"

„Aber nein, das geht schon. Sehen Sie, diese Dose aus dem Biedermeier, ich liebe sie besonders, die habe ich für nur vierhundertzwanzig Euro ersteigert. Und diese dort, die silberne, das ist eine aus Amerika, Chicago, wie der Stempel sagt, so um neunzehnhundert, die hat mich dreihundertneunzig Euro gekostet. Aber natürlich gibt es auch wahre Schätze, da wurde mir neulich eine angeboten, aus Meissen, Porzellan, so um 1750 herum, die sollte fast zwanzigtausend Euro kosten. Ich bin ja nur ein bescheidener Sammler, meist sind meine Tabatieren aus Bakelit, oft Berlin um 1920, oder Horn, oder bemaltes Holz, die Engländer haben so etwas gern gemacht. Aber seit die Perestroika in Russland gegriffen hat, kommen auch immer mehr russische Dosen auf den Markt. Ich habe diese da ziemlich günstig kaufen können, nur knapp zweihundert Euro, auf dem Flohmarkt Ostern."

Er zeigte Anne eine kleine Holzdose mit sehr feinen Lackarbeiten, eine Jagdszene. Wenn auch oft die Tabatieren Szenen der Jagd zeigten, ein paar waren auch eindeutig erotischer Natur, Anne betrachtete sie sehr interessiert, Gerhard war es eher peinlich.

„Sehen Sie, diese Bakelitdosen waren wohl eher etwas für die Herren, die im Berlin der Zwanziger durch die Kabaretts streiften und sich vergnügen wollten. Und damals war der Schnupftabak oft mit Kokain vermischt, so steht es jedenfalls in den Gazetten von damals."

„Ach, dann sammeln Sie auch alte Zeitschriften?"

„Aber nein. Nur hin und wieder nehme ich eine mit, wenn es geht, aus den zwanziger Jahren oder auch die dreißiger, mich interessiert, was damals so an Allgemeinwissen verbreitet wurde. Aber richtig sammeln, nein, ich bin schon froh, dass Ulla mir diese kleine Leidenschaft nicht übelnimmt, im Gegenteil, sie begleitet mich auf den Flohmärkten und mitunter findet sie auch etwas für sich selbst. Sie sammelt Kochbücher, müssen Sie wissen."

Gerhard strich über seinen schlanken Bauch:

„Und sie kocht wirklich gut, auch wenn Sie das bei mir nicht sehen können. Aber das liegt in der Familie, schon mein Vater war so schlank, ihm passten noch alle Anzüge nach dem Krieg, die er in den dreißiger Jahren hatte anfertigen lassen."

„Ach ja, wenn ich dagegen in meinen Kleiderschrank sehe..."

Anne seufzte und zog ihren Rock zurecht, „Da haben wir Frauen es doch wirklich schwerer."

„Aber wieso denn? Ich finde, dieser Modewechsel, den ihr jedes Jahr mindestens zweimal mitmacht, er hat sich doch längst überholt. Heutzutage kann doch jede Frau das tragen, was sie will. Sie muss nicht mehr die Kleiderlänge rauf oder runter haben, um gut angezogen zu sein. Ich denke, es ist die Qualität des Stoffes oder der Schnitt, der heute den Schick einer Frau ausmacht."

„Und abgesehen davon, " Anne klimperte ironisch mit den Wimpern und sah zu Ulla hinüber, „In unserem Alter stehen wir nicht mehr auf der Dessertkarte der meisten Männer."

Alle lachten und es wurde noch ein fröhlicher Nachmittag.

Nach etwa vier Wochen hatten sich Ulla und Gerhard schon ziemlich gut eingewöhnt. Ulla kochte wie immer gut und gern, der Supermarkt hatte eine hervorragende Fleischabteilung, und sie hatten dort einen jungen Lehrling, der am späten Nachmittag noch schwere Einkäufe ins Haus brachte.

Die Bahnsens gingen oft Arm in Arm spazieren, um ihr neues Stadtviertel kennenzulernen. Sie saßen auf dem neu angelegten großen Spielplatz im Grünen auf einer der Bänke, die für die Mütter dort hingestellt worden waren, schauten in der verkehrsberuhigten Straße in die meist gepflegten Vorgärten und lernten auch hinten am Ende der Besiedlung, hinter den vielen Neubauten, die kleinen Schrebergärten kennen. Dort flanierten sie, wenn die Sonne nicht zu heiß schien und konnten viele Vögel singen hören, sogar Hasen konnten sie beobachten. Sie waren mit ihrer Wahl ganz zufrieden. Als der Frühsommer so richtig begann mit Temperaturen über dreißig Grad, da sortierte Ulla ihre Garderobe und die von Gerhard gleich mit, alles wurde in mottensichere Plastiksäcke gepackt, der Reißverschluss dichtgezogen und Gerhard trug alles in den Keller. Dafür wurde die Kiste mit den Sommersachen hochgeholt und eingeräumt. Ulla beschaute ihre Blusensammlung und auch die Schuhe und meinte, sie müsse wohl doch mal in die Stadt, sie brauche unbedingt ein paar neue Klamotten.

„Denn zum einen sind meine Füße wohl etwas breiter geworden, leider kann ich die Pumps nicht mehr tragen. Und dann brauche ich leichte Shirts, am besten Baumwolle, sie kann man auch gut waschen. Und ein Paar Sommerhosen, so dreiviertel, wie hießen die noch bei uns früher, ja, Caprihosen. So was brauche ich. Und du könntest dir auch mal einen neuen Sommerhut leisten, meinst du nicht?"

Gerhard schaute seinen altgewordenen und heißgeliebten Strohhut an, sicher, er war etwas aus der Form geraten, und hinten franste er auch schon aus, aber er tat sich doch sehr schwer, ihn einfach wegzuwerfen, hatte er ihm doch jahrelang gute Dienste geleistet.

„Na gut, wenn wir auf dem Flohmarkt bei Plaza am Sonntag einen sehen, dann kannst du ihn ja wegschmeißen."

Ulla nickte zufrieden. Sie würde schon dafür sorgen, dass auf dem Flohmarkt der passende Hut zu finden war.

Der Flohmarkt am Sonntag war ein voller Erfolg. Gerhard konnte eine gläserne Tabatiere aus Zwiesel erwerben, die so um die 1900 hergestellt worden war, und er musste nicht einmal hundert Euro dafür bezahlen. Ulla konnte zwei neue alte Kochbücher erwerben, darunter ein „Kochbuch für die Tropen", in dem standen so exotische Rezept wie Gnusteak, Antilopenschenkel oder Schlangenragout. Natürlich wusste sie, dass sie so etwas nie würde kochen können, aber es machte ihr eine große Freude, sich da hinein zu vertiefen und wieder einmal bestätigt zu bekommen, dass der Mensch fast alles, was es auf der Erde gibt, zum Essen ausprobiert.

Und sie fand einen neuen Hut für Gerhard. Zwar nicht aus Stroh, aber ein leichter Popelinestoff, ohne Reklameaufdruck, eine flotte Form, wie sie fand, und sie konnte Gerhard schließlich überreden, den aufzusetzen. Den alten warf sie dann sofort in den nächsten Mülleimer.

Einer der Händler hatte eine kleine Vitrine mit geschliffenen Scheiben.

„Du, Gerhard, wäre das nicht etwas für deine Tabatierensammlung?"

Sie besahen sich die Vitrine genau. Das Eichenholz war sehr gepflegt, das Schloss schien neu zu sein, ging problemlos auf und zu, die einzelnen Regalfächer waren mit blauem Samt bedeckt, damit allerdings wurden auch Risse im Holz verdeckt; die Größe war angemessen für Gerhards Sammlung, nur der Preis war ihm zu hoch. Er feilschte mit dem Händler hin und her, bis endlich der Verkäufer, ein rundlicher Mecklenburger, die dunkle Mütze abnahm und sich über die paar Stoppelhaare strich:

„Oh Mann, Sie können einen aber auch nerven. Na gut, wenn Sie unbedingt wollen, und ich sehe ja, sie ist bei Ihnen in guten Händen, also lasse ich noch mal zwanzig Euro nach, wegen der paar kleinen Risse."

Sie einigten sich und Ulla und Gerhard schleppten die Eichenvitrine zum Taxistand, luden sie ein und fuhren so standesgemäß nach Hause. Dort stellten sie das neue Möbel erst in den Kellerraum, in dem schon einige Kästen und Kisten sich drängten. Gerhard wollte dort die Riefen und Risse ausbessern. Außerdem nahm er noch die genauen Maße für den Hocker, auf dem die Vitrine im Wohnzimmer stehen sollte.

Zufrieden gingen sie ins Bett.

Am nächsten Tag fuhr Gerhard zum Baumarkt, um die Hölzer, Leim und Platten für den Hocker der Vitrine zu kaufen. Ulla saß in der Küche und schälte Kartoffeln, als er zurück in die Wohnung kam. Er ging gleich zu ihr in die Küche und stellte einen verstaubten Schuhkarton auf den Küchentisch, setzte sich auf den unbequemen Drehstuhl und schaute sie fast betroffen an:

„Wenn du wüsstest...Mach doch mal den Karton auf."

Ulla legte das Küchenmesser aus der Hand, wischte sich eine Locke aus der Stirn, nahm den Schuhkarton und schüttelte ihn:

„Wo hast du denn den her, der sieht aber schon ziemlich mitgenommen aus."

„Mitgenommen, ja, das ist das Stichwort. Den haben sie eben nicht mitgenommen. Sie haben ihn wohl übersehen und einfach stehen gelassen. Und jetzt haben wir den Salat."

Ulla sah in das bestürzte Gesicht ihres Mannes und öffnete den Karton. Sie schaute auf ein großes Bündel Geldscheine.

„Mein Gott! Wie viel Geld ist das denn? Und wo hast du das her?"

„Das hab ich im Keller gefunden. Ich wollte nur etwas Platz schaffen, damit ich besser arbeiten kann an meinem Hocker. Und da in der Ecke fand ich das da. Ich wollte nur mal reinschauen, was das wohl ist, und jetzt siehst du selbst. Was für ein Schlamassel!"

„Oh mein Gott! Was für eine Menge Geld. Wie viel mag es nur sein?"

„Ich weiß auch nicht. Komm, lass es uns zählen."

Ulla stellte die Schüssel mit den Kartoffeln auf den Herd, sie schütteten das Geld auf den Küchentisch, alles gebrauchte Scheine. Sie sortierten nach Zwanzigern,

Fünfzigern und Hunderten, von denen waren allerdings nicht so viele dabei.

Gerhard zählte dann und schrieb mit dem Küchenkuli jeweils die Summen auf, zählte dann alles zusammen, schaute Ulla an und sagte fast tonlos:

„Das sind fast vierzigtausend Euros. Stell dir vor."

„Vierzigtausend Euros! Dann sind wir ja richtig reich!"

„Reich, von wegen. Das ist doch nicht unser Geld. Diese Scheine alle gehören uns nicht."

„Aber warum denn nicht? Es war doch in unserem Keller."

„Aber es kommt eben nicht von uns. Das ist der entscheidende Punkt."

„Nun hör doch mal, natürlich haben wir dieses Geld nicht dahingelegt. Aber es lag in unserem Keller, und wenn es von den Vorbesitzern stammen sollte, dann nützt es denen nichts mehr, die sind tot und in der Ostsee. Und wenn irgendein Anderer das Geld dahin gelegt hat, um es zu verstecken, weil er es vor dem Finanzamt verbergen möchte, weil es schlicht Schwarzgeld ist, oder es stammt gar aus einem Überfall auf einen Supermarkt, man liest das doch immer wieder, und nun hat er ein sicheres Versteck gesucht und es in unserem Keller versteckt, dann ist das so etwas wie eine kriminelle Beute, die höchstens noch die Polizei interessieren könnte, oder?"

Sie schauten immer wieder den Stapel Geldscheine auf dem Küchentisch an. Ulla nahm ein Bündel Fünfziger in die Hand und blätterte es durch.

„Können wir es nicht einfach behalten? Sozusagen als Erbe von den Vorbesitzern. Wie hießen die doch gleich?"

„Ich glaube, die hießen Robach oder so."

„Richtig. Robrahn, jetzt weiß ich es wieder. Oder als Beuteanteil können wir es nehmen, falls es aus einem Einbruch stammen sollte."

„Und wenn dann der Einbrecher wiederkommt. Du kennst das doch aus den Filmen im Fernsehen, wenn der Täter das liest, dass sein todsicheres Versteck abgerissen werden soll oder die Stadt eine neue Straße bauen will, und dann bricht er aus dem Gefängnis aus und sucht seine Beute, und wehe wenn ihm dann jemand in die Quere kommt."

„Aber schau nur, Gerhard, wie dieser Karton aussieht. Der muss doch schon mindestes zehn Jahre lang hier gelagert sein. Hier das Bild, auf der Außenseite, da ist noch der Schuh drauf, der da mal drin war. Und diese Mode, mit den hohen Kreppsohlen, die gibt es doch schon lange nicht mehr. Nein, ich denke, der Täter, wenn es denn einer war, der ist auch schon lange weg. Oder vielleicht hat er Alzheimer und weiß nicht mehr, wo er sein Geld vergraben hat."

„Ach, du meinst, es geht ihm so wie es den Eichhörnchen oft geht. Sie sammeln und sammeln und dann im Winter, da haben sie vergessen, wo überall sie ihre Nüsse vergraben haben. Die suchen dann allüberall."

„Na ja, wenn du es so siehst...Aber denk doch nur, was wir alles mit dem Geld machen können, wir können doch zum Beispiel Maria eine neue Couchgarnitur kaufen. Oder für Jens einen neuen Mantel, oder zu Weihnachten..."

„Das gibt es doch nicht! Jetzt wirst du aber so richtig geldgierig, was? Du benimmst dich wie Dagobert Duck, der auch im Geld schwimmt. Noch einmal, ist dir klar, dass das nicht unser Geld ist?"

„Nein. Das ist mir gar nicht klar. Denn wie du es auch drehst oder wendest, es ist und bleibt so, in unserem Keller haben wir dieses Geld gefunden. Wer auch immer es dorthin gelegt hat, und zu welchem Zweck auch immer. es bleibt Geld. Und wenn wir es wieder einpacken in diesen alten Schuhkarton und wieder dort an die Stelle hinlegen, nur damit vielleicht irgendjemand es irgendwann holen kommt, vielleicht, dann verschimmelt es dort langsam aber sicher. Nein, ich glaube, es ist einfach vergessen. Und wir können gut etwas damit anfangen. Warum sollten wir denn keinen Schatz finden können? Wir dürfen auch mal Glück haben. Du spielst ja kein Lotto oder zockst auf der Rennbahn, zum Glück für uns beide. Aber etwas Glück zu haben kann doch nicht schaden. Und mit dieser Wohnung hier hatten wir großes Glück, oder nicht? Und jetzt kommt noch sozusagen als Sahnehäubchen dieser Karton voller Geld dazu. Ist das denn nichts? Willst du denn gar nicht einmal im Leben dich über einen solchen Glückstreffer freuen?"

„Ich kann mich doch nicht über etwas freuen, was ich nicht selbst verursacht habe."

„Ach nein. Und was ist mit den Kindern, was ist mit meinen Gefühlen zu dir, darüber kannst du dich nicht freuen, weil du diese Gefühle nicht selbst gemacht hast? Und das soll ich dir glauben?"

„Ach Ulla!"

Gerhard stand auf und nahm Ulla in den Arm:

„Ich meine ja nur...“

„Ich weiß! Ich bin auch völlig fertig.“

Sie beschlossen, das Geld erst einmal in dem Karton zu belassen. Diesen versteckten sie dann ganz hinten im Kleiderschrank. Zur Feier des Tages und weil Ulla keine Lust mehr zum Kochen hatte, gingen sie in die nette kleine Gaststätte am Ende der Straße, bestellten ein saftiges Schnitzel mit Rotkohl.

Wieder zurück in ihrer neuen Wohnung, in der sie sich nun schon gut eingelebt hatten, ging der Streit und die Diskussion über das Geld und was sie damit machen sollten weiter. Die Überlegung, den Karton samt Inhalt zum Fundbüro zu bringen und dort zu erzählen, sie hätten den Karton auf der Straße gefunden, dann könnten sie in aller Ruhe abwarten, ob sich jemand melden würde, und nach einem Jahr würde das Geld dann ihnen gehören, und zwar ganz legal.

„Aber wenn nun der eigentliche Besitzer das Geld sucht, dann geht er doch nicht aufs Fundbüro. Er wird in unseren Keller eindringen und dort herumwühlen, und wenn er es nicht findet, dann kommt er zu uns. und wenn es tatsächlich ein Verbrecher sein sollte, dann sind wir doch unseres Lebens nicht mehr sicher!“

„Aber schau doch mal diese Pappe an.“

Ulla klopfte an die Seitenränder des Kartons. „Die ist doch schon ganz durch. Das muss ja alles schon jahrelang, wenn nicht jahrzehntelang dort herumgelegen haben. Und der Besitzer, wenn es denn wirklich einen gibt, der ist schon lange unter der Erde. Und wir machen uns einen Kopf, nur weil uns solch ein Glücksfall noch nie vorgekommen ist. Und gib es ruhig zu, wir können das Geld gut gebrauchen.“

„Wir kommen auch ohne dieses verdammte Geld aus. sind wir ja bisher auch. Aber ich gebe zu, es wäre schon ein schönes Extra, diese Summe ist ja auch nicht gerade klein. Es könnte ja auch Schwarzgeld sein, das die Vorbesitzer beiseite gelegt hatten, um sich damit einen schönen Lebensabend zu machen."

„Und wenn es so wäre? Dann machen wir uns jetzt damit einen schönen Lebensabend. Die Robrahns jedenfalls sind bei dem Autounfall beide verstorben. Und Erben haben sie auch nicht. Es gibt also keinen, der einen Anspruch auf das Geld erheben kann."

„So gesehen hast du natürlich recht. Wir sind die Nachfolger, haben die Wohnung ganz legal erworben, im Kaufvertrag steht ja auch wie besehen mit allen Gegenständen, die meinten zwar die Küche und das Bad, aber der Keller gehört ja auch dazu. Und da war das Geld. Das wussten die zwar nicht, aber es lag da und wir haben es quasi mitgekauft. So gesehen hast du also mehr als recht, es gehört uns und wir können damit tun, was immer wir wollen."

„Aber du hast noch eine Querfalte auf der Stirn, du bist noch nicht ganz davon überzeugt, oder?"

„Nein. Irgendwas macht mir Unbehagen. Das ist so, so wie ein Erbe antreten, das man sich erschlichen hat. Also ein unrechtmäßiger Erbe sein. Ich weiß noch, ich war noch ein Kind, so ungefähr sieben Jahre alt, da hab ich mal ein Portemonnaie gefunden, da waren so um die zehn Mark drin. Ich hab das brav zur Polizei gebracht, und die haben mich gelobt dafür. Und dann kam auch jemand und hat es abgeholt und ich habe die zehn Mark bekommen, denn dem Besitzer ging es mehr um die Ausweise und Fotos, die sonst noch darin gewesen sind. Ich habe mich sehr gefreut, nicht nur über die zehn

Mark, das war für mich eine große Menge Geld damals, sondern auch, weil alle sagten, was für ein ehrlicher Mensch ich doch sei. Und jetzt, jetzt haben wir einen großen Schatz entdeckt und ich habe große Zweifel, ob wir den behalten sollen oder dürfen."

„Komm, lass uns erst mal eine Nacht darüber schlafen."

So gingen sie ins Bett, wälzten sich noch ein paar Male herum und schliefen dann doch endlich ein.

Am nächsten Morgen beim Frühstück goss Ulla ihrem Mann den Kaffee ein und sagte:

„Du siehst ja grauenvoll aus. Hast wohl nicht gut geschlafen, was?"

Gerhard kaute sein Käsebrot etwas lustlos und meinte:

„Wenn ich es recht bedenke, hast du dich auch ziemlich herumgewälzt heute Nacht."

Nach ein paar Minuten meinte sie, dass es vielleicht doch eine recht einfache Lösung geben würde. Hoffnungsvoll schaute er sie an:

„Was meinst du denn?"

„Ich denke, wenn du den Notar anrufst und ihn einfach fragst, ob wir das Geld behalten können. Wenn der uns dann sagt, dass es alles in Ordnung ist damit, dann brauchen wir uns nicht mehr zu sorgen. Dann wissen wir genau, dass alles geregelt ist."

„Das ist eine gute Idee. Wenn der Notar uns sagen kann, dass wir das ganze Geld behalten dürfen, dann..."

„Ja, was dann?"

Gerhard schaute sie an:

„Weißt du, Ulla, du bist doch mein größter Schatz."

ÄPFEL

„So schnell schon? Ach du heilige Scheiße!"

Sie klappte ihr Handy zu und schob es in die hintere Hosentasche. Dann rief sie laut, um den prasselnden Regen zu übertönen:

„Schnell, Kinder! Schnell! Wir müssen in den Ruheraum hinauf!"

Sabine scheuchte die Kinder und schubste sie auf die Treppe nach oben zu.

„Was regst du dich so auf, Sabine? Du hast schon ganz rote Flecken im Gesicht und am Hals!" sagte Kevin und zog Hannah mit sich empor zum Ruheraum. Hier war die ganze rechte Hälfte mit hohen Schaumstoffmatratzen belegt, auf denen Decken, Kissen und Schlafanzüge lagen. Die ganze linke Wand war von den hohen Fenstern erfüllt, die auf den Mühlenbach schauten. Gleich neben der Treppe stand ein kleiner Tisch und in der Ecke ein Waschbecken, über dem ein Wandschrank hing. Hier stellten sie sich mit den anderen mitten in den Raum.

„Es ist doch noch gar nicht Mittag." sagte Lucie nörgelnd. „Ich wollte doch noch so gern mit Basti spielen."

Basti der Hofhund, ein schwarzweiß gefleckter Mischling, war der Liebling des Kinderhortes „Kleiner Muck." Die Kindergärtnerin Sabine wollte gerade ansetzen zu einer Erwiderung, da hörten alle ein Rumpeln, ein tiefes Dröhnen, ein Rauschen und Donnern, und dann schoss ganz plötzlich eine graugrüne Flut heran, der Mühlenbach war in den Bergen vom tagelangen Regen aufgefüllt worden und rauschte nun durch das enge Tal bergab, wuchs dabei noch, weil sich in den Wassermassen viel Gestrüpp und ganze Bäume verfingen, eine sich ständig vergrößernde Woge wilden Wassers wölbte sich hoch auf und füllte den Talkessel, fegte alles hinweg, was im Weg stand, Gärten, Zäune, Ziegen ertranken in ihren Pferchen. Der Steg hinauf zur Bürgerweide zersplitterte wie Zahnstocher. Die geteerte Straße brach hinter der Brücke schon ab, die Reste wurden fortgeschwemmt mit der reißenden Strömung.

Das hoch oben gelegene Haus vom Kinderhort schwankte, hielt aber stand. Die verängstigten Kinder drängten sich aneinander und schauten mit großen Augen durch die Scheiben des Ruheraumes im ersten Stock. Sie konnten von hier aus beobachten, wie sich das graugrüne Wasser mit all den Gegenständen darin allüberall breit machte. Das Haus stand bis zur vierten Treppenstufe in der Brühe. Immer wieder stießen Bäume oder Äste gegen die Mauern und klopften quietschend und kreischend an die Eingangstür. Diese stabile Holztür mit der so geliebten Schnitzerei schwamm zerbrochen davon.

Helene hielt sich an ihrem Teddy fest und weinte laut. Sabine hatte die Arme um Jannik und Maria geschlungen, die beiden kleinsten wussten noch nicht, was da draußen vor den Fenstern geschah und schluchzten und wollten zur Mama.

Alle Kinder drängten sich an den Fenstern und nach dem „Schau mal dort!" und „Seht doch nur das viele Wasser!" kamen dann auch die Fragen. Sabine stellte sich zwischen die Kinder und versuchte, ihnen zu erklären, was da draußen vor sich ging:

„Wisst ihr, das Wasser kommt alles von dem Mühlenbach."

„Aber der ist doch nur so klein."

„Und ich hab erst vorgestern am Bach gespielt, mit meinem neuen Schiffchen."

„Nun hört mir gut zu. Der Mühlenbach ist normalerweise nur ein kleiner netter Bach, der hier von den Bergen durch die Stadt fließt. Und damit auch die Tiere auf den Weiden ringsumher genug zu trinken haben, auch im Sommer, wenn es so heiß ist und es zu wenig regnet, da haben die Bauern den Bach da oben aufgestaut. Und nun hat es, wie ihr alle wisst, immerzu geregnet, schon seit drei Wochen ohne Unterlass. Da ist das Wasserbecken da oben angeschwollen und der Damm hat nicht mehr gehalten, und dann sind die ganzen Wassermassen heruntergekommen und haben hier bei uns alles überflutet. Aber ich denke, das ist jetzt der Gipfel von all dem Wasser, und wir werden hier oben in aller Ruhe abwarten, bis das Wasser wieder fällt, bis es wieder abfließt."

„Aber es regnet ja immer weiter."

„Ja, Maria, da können wir auch nichts machen. Das bestimmt der Himmel."

„Wenn das der Himmel bestimmt, sollen wir dann nicht lieber beten, dass es aufhört mit dem Regen?"

„Das ist eine gute Idee. Wer von euch möchte, der kann gern beten, dass der Regen aufhören soll."

Einige knieten auf den Schlafplätzen nieder und falteten die Hände, andere bleiben an den Fenstern stehen und starrten in die Fluten.

Hans und Jörg pressten ihre Gesichter an die Fensterscheiben und verfolgten Strudel und Wellen fast wie bei einem sportlichen Wettkampf, gaben immer wieder laute Kommentare ab:

„Schau mal, dieser große Ast, wie der in die Baumkrone schlägt!"

„Und der grüne Stamm dort, jetzt schlägt er an das Fenster unten."

Dort waren schon längst die Scheiben zerborsten.

„Da schaut doch mal. Da schwimmen Masris Schuhe!"

Die Kinder drängten sich alle gegen die Scheiben und lugten hinaus in die braugrüne Flut, die alles umspülte. Richtig, da schwammen die hellblauen Gummistiefel mit dem grauen Pferdchen an der Seite.

Masri standen die Tränen in den Augen. Er war so stolz gewesen, als seine Mutter ihm diese Stiefel aus dem Sozialkaufhaus mitgebracht hatte; als noch nicht anerkannte Flüchtige konnten sie sich viele Dinge einfach nicht leisten und waren auf die Unterstützung der Caritas, des roten Kreuzes, der Tafel und der Ämter angewiesen; so hatten sie auch für Masri hier einen Platz im Kinderhort bekommen. Und dann war seine Mutter mit der Betreuerin einkaufen gegangen in das Sozialkaufhaus, dort hatte sie neben einem warmen Pullover für Masri und einem Mantel für seine große Schwester auch diese Gummistiefel in seiner Größe gefunden. Oh, was war er stolz gewesen, denn alle im „Kleinen Muck" hatten seine Stiefel bewundert, wegen der Pferdchen. Und nun schwammen seine geliebten Schuhe draußen in der trüben Flut und würden wohin auch immer verschwinden. Masri war sich sicher, nie wieder würde er solch tolle Stiefel wiederbekommen können. Maria streichelte seinen Arm und sagte leise:

„Sei nicht traurig, Masri, irgendwann hört der Regen schon auf, und dann finden wir deine Stiefel irgendwo an der Straße liegen. Dann können wir sie sauber machen und dann kannst du sie wieder anziehen. Wirst schon sehen."

Dann waren Masris Stiefel verschwunden und die Kinder verteilten sich im Raum, setzten sich auf ihre Ruheplätze oder lehnten sich gegen die Wand. Die Erzieherin Sabine öffnete das hoch droben angebrachte Wandregal und schaute nach, was da wohl alles zu finden war und ob sie nicht das eine oder andere davon in der jetzigen Situation gebrauchen konnten.

Da waren Kerzen und Streichhölzer, zwei Schachteln mit Früchteteebeuteln, ein Glas voller Würfelzucker und daneben die braune große Flasche Hustensaft, der den meisten Kindern so fürchterlich schmeckte, dass sie diesen nur mit einem Stück Zucker einnehmen wollten. Eine große Packung Heftpflaster lag daneben. Papierservietten und –taschentücher stapelten sich auch, und dann war da noch ein Zuckerhut. Damit hatten die Erzieher irgendwann einmal eine Feuerzangenbowle brauen wollen, aber das hatte sich zerschlagen, warum auch immer. Sabine schloss das Regal.

„Sabine, ich muss mal!"

Jasmin zupfte an ihrer Jacke und zog einen Flunsch. Das war nun aber wirklich schlecht. Die Toilettenräume lagen alle unten, also jetzt im Wasser, überflutet vom angestauten Mühlenbach. Sabine überlegte, da meldeten sich noch zwei Mädchen, und der kleine Henning begann zu weinen, erst leise, dann lauter, schließlich schluchzte er:

„Ich will zu meiner Mama. Mama!"

Sabine überlegte. Dann traf sie ihre Entscheidung:

„Also gut. Wir gehen jetzt bis zur Treppe, und dort auf der letzten Stufe, die aus dem Wasser ragt, da könnt ihr euch hinsetzen. Ihr macht einfach ins Wasser. Denn wenn das Wasser wieder weg gegangen ist, dann muss alles sowieso neu gemalert werden. Dann muss alles neu gemacht werden da unten. Da wird es nichts machen, wenn ihr euer Pipi jetzt einfach ins Wasser macht."

Sabine hörte ein paar Schluchzer, dann kamen einige der Mädchen mit ihr zur Treppe; an der letzten trockenen Stufe klebte Sabine mit Wachstropfen rechts und links je eine lange weiße Kerze auf das Treppengeländer, damit die Kinder sich zurechtfinden konnten. Dann hockten sich die beiden Mädchen hin und pinkelten ins Wasser; sie grinsten ziemlich vergnügt, denn sie taten etwas, das die allermeisten als sehr ungehörig beurteilt hätten, wenn sie so etwas von irgendwem gehört hätten. Ein paar Jungen schauten zu, aber die meisten blickten immer noch aus den Fenstern auf die Fluten des Mühlenbaches, die im trüber werdenden Licht immer grauer wurden.

„Ich hab Durst!"

„Und ich möchte etwas zu essen, bitte."

Ein neues Problem bahnte sich an.

„Wie lange sollen wir denn noch hierbleiben?"

„Müssen wir heute hier übernachten?"

„Wann kommen unsere Eltern und holen uns ab?"

„Mal sehen. Ich glaube nicht, dass das so schnell gehen wird, denn der ganze Ort steht ja unter Wasser. Aber ich werde mal fragen."

Sabine holte ihr Handy und wählte, aber nichts tat sich, das Display blieb leer. Der Akku war alle, kein Strom mehr.

„Tut mir leid, Kinder, ich hab keinen Saft mehr im Handy. Wir müssen also warten, bis jemand von außen kommt oder das Wasser soweit abgesunken ist, dass wir wieder zu Fuß hinaus gehen können."

Sabine ging zu dem kleinen Waschbecken in der Zimmerecke und schaute in den Unterschrank, dort standen nur ein paar Becher. Dann öffnete sie den Wasserhahn, er lief wie immer. Wenigstens das. Sie hatten also Wasser. Sie füllte einen der Becher damit und gab ihn der Charlotte, die ihn sogleich austrank.

Sabine wischte sich eine Haarsträhne aus der Stirn, klatschte in die Hände und sagte entschieden, etwas lauter als üblich und hoffte, dass die Kinder den leicht gequälten Unterton überhörten, den sie selber mit Entsetzen bei sich wahrnahm:

„Nun hört mal alle gut zu. Wie ihr alle gesehen habt, ist das ganze Land draußen überflutet und man kann dort nicht mehr gehen, denn es gibt im Augenblick keine Straße und keinen Gehweg. Also werden wir warten müssen, bis sich das Wasser weiterbewegt hat und wir wieder trockenes Land sehen können. Das gilt auch für die Eltern. Eure Eltern wissen ja, dass ihr hier in Sicherheit seid und sie werden euch holen, sobald es wieder möglich ist. Solange aber werden wir hier ausharren müssen. Aber wir haben es ja noch gut, hier ist es trocken, es regnet nicht herein und da sind auch eure Liegeplätze. Wenn ihr also müde werdet, dann legt euch nur hin. Vielleicht sollten wir das ja dann machen, wenn es draußen dunkel geworden ist."

„Und das Licht?"

„Können wir denn kein Licht anmachen? Ich hab so Angst im Dunkeln, ich schlafe immer mit einer Lampe, so einer ganz kleinen, aber ich muss unbedingt mein Licht haben, auch wenn es nur ganz wenig ist."

Sabine ging zum Schalter und knipste ihn an. Aber es tat sich nichts.

„Tut mir leid, Kinder, aber durch das Wasser gibt es keinen Strom mehr. Da ist wohl etwas mit der elektrischen Leitung geschehen, wir haben kein Licht. Doch wenn ihr ein wenig wartet, da sind noch die Kerzen. Wir machen einfach eine Kerze an, dann haben wir Licht und es wird auch gleich viel gemütlicher, na, was meint ihr?!"

Sabine holte Kerzen und Zündhölzer aus dem Wandschrank und stellte auf den Waschtisch eine der dicken roten Kerzen, die sie sonst nur bei Geburtstagen anbrannten; sie zündete ein Streichholz an und die Kerze verbreitete sofort einen hellen warmen Schein.

Manche der Mädchen klatschten spontan in die Hände und auch die meisten der Jungen grinsten breiter, alle Gesichter hellten sich auf. Nass und dunkel, das wäre für alle zu viel gewesen, aber hier im Trockenen und jetzt auch noch im Hellen, das war dann eher etwas, das nach Abenteuer roch.

„Und was ist mit Essen?"

Helen fragte es beklommen, und einige der Jungen schauten auch schon hungrig drein. Sabine zuckte nur die Achseln:

„Tut mir leid, Kinder, aber zu essen gibt es nichts. Ich habe nichts da und hier oben gibt es weiter auch nichts. Da sind nur ein paar Teebeutel, aber wir haben keine Herdplatte, um Tee zu kochen. Und sonst leider, ich hab da nichts weiter an Essbarem gefunden."

Einige der Kinder maulten, andere legten sich auf ihre niedrige Lagerstatt und deckten sich zu, wieder andere schlurften an die Fenster und zurück. Zwei der Jungen gingen zur Treppe und wollten ihre Blase leeren. Da rief der eine ganz laut und dringlich nach Sabine. Die kam rasch zur den Stufen und der Junge, es war der kleine Matthias, zeigte aufgeregt in die trübe Flut, die das Treppenhaus ausfüllte und vom flackernden Kerzenschein spärlich erleuchtet wurde.

„Da schau doch nur! Da! Die Äpfel!"

Tatsächlich. In der graublauen Brühe trieben ein paar Äpfel müßig dahin.

„Wenn wir diese Äpfel nur holen könnten, dann hätten wir auch etwas zu essen."

Sie liefen wieder hoch und suchten den ganzen Ruheraum ab nach etwas wie einem Kescher, ein paar Stäben oder gar einem Netz, aber sie fanden zunächst nichts, was geeignet gewesen wäre, um aus der Flussbrühe die lockenden Äpfel herauszufischen. Da hatte Sabine eine Idee.

„Passt auf! Wir nehmen die Hose von Ulrikes Schlafanzug und binden die Beine zu. Dann haben wir so etwas wie einen Sack. Dann nehmen wir die Hosenträger von Paul und Johannes und binden sie aneinander als Schnur. Diese Schnur klemmen wir dann am Bund der Pyjamahose fest und damit ziehen wir dann die Äpfel zu uns hoch. Das kriegen wir schon hin, ihr werdet schon sehen."

Gesagt, getan. Sie klemmten die Hosenträger fest an den Bund der weichen rosa Schlafanzughose und Sabine nahm diese und ging auf die unterste Treppenstufe, von dort warf sie das Bündel hinein in das Wasser und zog an den Hosenträgern. Aber erst nach einigen vergeblichen Versuchen verfingen sich drei Äpfel in dem Schlafanzug. Stolz zog Sabine sie hoch und nahm sie dann in ihre Hände, zeigte sie den Kindern. Jetzt durften auch die Jungen mit der Hose fischen gehen, und nach einigen Minuten hatten sie wohl ein Dutzend Früchte einsammeln können.

Claudia sah eher missmutig auf die glänzenden Äpfel, die Sabine auf den kleinen Tisch neben der Treppe gelegt hatte.

„Aber ich weiß nicht. Die sind aus dem Wasser, wo alle reingemacht haben. Die kann ich nicht essen."

„Iih! Das sind Pinkeläpfel!"

„Verpinkelte Äpfel, igittigitt!!"

Zwei Mädchen kicherten laut und dann lachten die Jungen laut los und viele der anderen fielen mit ein.

„Aber Kinder, das ist doch kein Problem."

Sabine nahm die Äpfel und wusch alle unter dem Wasserhahn.

„Hier. Jetzt hab ihr ganz saubere Früchte. Aber wartet noch, vorerst nur einen Apfel für jeden. Wir müssen erst noch schauen, ob wir noch mehr angeln können."

Und dann wechselten sich die Kinder mit dem Apfelangeln ab, bis keine Früchte mehr im Wasser zu sehen waren.

Sabine war gar nicht wohl, sie konnte den Kindern nur Wasser und Äpfel anbieten. Beides zusammen in einem Kinderbauch, das ergab unter normalen Umständen oft einen ziemlichen Durchfall. Und den konnten sie sich in der jetzigen Lage nicht leisten. Siebzehn Kinder mit Durchfall, nur ein paar Kerzen,

die vielleicht für diese Nacht ausreichen würden, nur wenige Packungen dieser Papiertaschentücher, keine einzige Toilettenpapierrolle. Und vor allem, keine Möglichkeit, irgendjemanden mit dem Handy zu erreichen. Aber Sabine ging davon aus, dass einige der Eltern alles daran setzen würden, zu den Kindern zu gelangen. Aber das setzte natürlich voraus, dass es noch Möglichkeiten der Fortbewegung gab. Boote vielleicht. Von der Feuerwehr, die hatten doch diese roten Gummiboote, für den Einsatz im Sommer am Baggersee. Oder waren die eingemottet im Winter?

Die Nacht draußen schien undurchdringlich, alle konnten das stetige Klopfen des Regens an den Scheiben hören. Sabine ließ die Kinder Äpfel essen und jedes musste dann noch einmal zum Pinkeln an die Treppe, dann ging es ins Bett. Einige weinten still und leise, andere schluchzten lauter, die meisten aber waren still geworden und kuschelten sich aneinander. Schon bald schliefen die Kinder im ruhigen warmen Kerzenlicht ein. Dann aß Sabine auch einen Apfel und zog ihre Schuhe aus, ging zur Treppe und entleerte ihre Blase.

Sie stand dann noch eine Weile auf den Stufen und schaute in das Wasser, dann löschte sie die Kerzen am Treppengeländer, denn wenn sie auch einschliefe, dann könnte ja leicht ein Brand ausbrechen, wenn keiner mehr zur Kerzenkontrolle wach wäre. Sie ging dann wieder nach oben und schaute aus dem Fenster, aber da war nichts zu sehen, alles nur grau in grau in schwarz. Und der Regen, an den Scheiben tropfte es ohne Unterlass.

Sabine legte sich auch auf das Ruhelager zu den Kindern und versuchte, die Augen zu schließen. Aber sie war innerlich wohl zu aufgeregt, der Schlaf wollte nicht zu ihr kommen. Nach einer Weile döste sie nur noch vor sich hin, und irgendwann meldete sich ihre Blase wieder und sie ging zur Treppe. Als sie dort die eine Kerze entzündete, sah sie voll Freude, dass schon drei Stufen wieder wasserfrei waren. Also ging die graue Flut doch zurück. Mit neuem Elan entleerte sie nun ihre Blase und schritt beschwingt wieder zum gemeinsamen Ruhebett zu den Kindern.

DER GÜLDENE STAB

Für einen Oktobertag war es viel zu warm. Die Sonne strahlte hell vom blauen Himmel an der Ostsee, das große Thermometer an der weißgestrichenen Bude des Strandkorbvermieters zeigte vierundzwanzig Grad Celsius.

Dörte und Andreas hatten daher ihre Shorts angezogen und waren mit ihren Fahrrädern ganz gemächlich hierher gefahren. Nun liefen sie barfuß durch den Sand. Den ganzen Strand entlang türmten sich überall die schon leicht übel riechenden Tanghaufen, diese würden am Nachmittag mit Lastwagen dann zur Deponie abgefahren. Fast um die Wette rannten Dörte und Andreas am Rand der still liegenden See, nur kleine Wellen glucksten heute ans Ufer. So kamen sie dann zum Beginn des Steilufers, wo der gestrige Sturm viele rundgeschliffene Steine und zermaserte Holzstücke angespült hatte. Sie gingen langsamer und jetzt gebückt, denn Dörte wollte unbedingt ein Stück Bernstein finden. Immer wieder blieb sie stehen und stocherte mit einem abgebrochenen Ast in den Steinhaufen. Andreas rief sie und zeigte ihr eine tote Scholle, die auf ihrem Rücken halb vergraben im Sand lag und verweste.

„Warte mal, hier, da ist doch was."

Dörte hielt inne und hob ein Stück auf, von dem sie fest glaubte, dass es wohl Bernstein sei. Andreas kam zu ihr und nahm den kleinen Brocken, roch daran und rieb ihn.

„Du könntest recht haben, warte mal."

Er holte sein Feuerzeug aus der Hosentasche und hielt die Flamme vorsichtig an eine der Kanten des Steines. Nichts geschah.

„Nein, das ist kein Bernstein. Der wäre ganz heiß geworden und dann auch ein Stückchen geschmolzen. Das ist nur ein gewöhnlicher Stein, sonst nichts."

Voller Bedauern warf Dörte den Stein wieder zu seinen anderen Gefährten. Sie gingen um die Strandecke, wo hoch über ihnen auf der Klippe noch Kiefern standen. In den oberen Metern der Steilküste nisteten die Seeschwalben und flogen eifrig in die runden Löcher.

„Ich weiß gar nicht, was die da noch wollen. Die Jungen sind doch schon alle geschlüpft, die brauchen kein Futter mehr."

„Vielleicht bauen sie ihre Nester winterfest und legen wie die Eichhörnchen einen Vorrat an, was meinst du dazu."

„Ich kenne mich zu wenig mit solchen Vögeln aus, aber möglich wäre es schon. Oh schau nur, da liegt eine Messingstange. Die hol ich mir, die können wir dann gut für unser Wohnzimmer gebrauchen, für die Gardinen, die ich immer schon dort haben wollte."

Dörte lief so schnell sie konnte auf den glitschigen Steinen hin zum Rand des Meeres, wo eine güldene Stange aus dem Wasser ragte. Rings um sie herum lagen und trieben grüngelbe Algenblätter. Dörte suchte sich einen festen Stand und zog und zog an der etwa fingerdicken Stange, aber diese rührte sich nicht einen Zentimeter. Sie drehte sich schließlich zu Andreas um:

„Komm mal her, du musst mir helfen. Allein schaffe ich das nicht!"

Andreas kam und versuchte es zuerst allein, aber vergebens. Dann legten sie beide ihre Hände an die Stange und zogen mit aller Kraft. Da, plötzlich, ertönte ein Gebrüll, wie ein Donnern, zugleich wie ein heller Schrei, wie eine gequälte Maschine, wie ein Urtier aus der Tiefe, es betäubte die beiden so, sie sanken ohnmächtig zu Boden.

Aus der Ohnmacht wurde ein tiefer Schlaf, aus dem Schlaf ein bunter Traum. Dörtes Traum ließ sie als schimmernde Meeresforelle in eine dunkle Tiefe schwimmen, dort wurde es zunehmend heller, sie konnte eine Kolonie von Taschenkrebsen erkennen, die wie in einer Prozession sich in Reih und Glied über den Grund bewegten, alle gingen leicht schräg und klapperten heftig mit ihren Scheren wie zur Begrüßung. Dörte glitt weiter über den welligen Grund; nur wenig rührten sich Seegras und Algen in der sanften Meeresströmung. Gelegentlich lag eine Scholle auf einem sandigen Platz und äugte zu ihr empor, zwischen den hohen Halmen der wogenden Seegraswiesen verbargen sich stachlige Petermännchen, ein riesiger Makrelenschwarm raste silbern glänzend vorüber und verschwand in den Tiefen der See. Dann erhob sich der Boden fast zu einem Berg, über und über bewachsen mit Miesmuscheln. Rote und gelbe Seesterne ließen es sich dort gut gehen, ganz gemächlich kamen ein paar Dorsche herangeschwommen und beäugten Dörte in ihrem neuen Körper.

Andreas träumte etwas ganz anderes. Er fand sich im grauen Körper eines Delphins und durchschnitt die Fluten nur so, tauchte auf und nieder, glitt in halbhellem Wasser durch ein Wrack, in dem Grundeln, Seebarsche und Dorsche sich versteckten. Die rostigen Brücken und Geländer waren dicht gedrängt voll Muschelbesatz, Herzmuscheln, Miesmuscheln, Kammmuscheln und dazwischen viele Schneckenhäuser und blaue und rote Seesterne, die sich um das Öffnen der Muscheln bemühten. Der Delphin durchquerte weite Seegraswälder, in denen große Heringsschwärme hausten, die sich wie auf ein geheimes Kommando umwandten und alle in einer Richtung weiterzogen. Andreas genoss die Geschwindigkeit, die Eleganz der schnellen Bewegungen, die kraftvollen Wendungen und Drehungen, die der neue Tierkörper ihm ermöglichte. Er hätte am liebsten vor lauter Begeisterung laut aufgejauchzt, aber aus dem spitzen Maul des Delphins kamen nur quäkende Laute. Er schraubte sich hinunter in das unendliche Blau der Tiefe und stürmte mit nur kurzem Abstand über eine Seegraswiese, rammte fast eine Seeanemone und stieg wieder steil empor, durchbrach die Wasseroberfläche und schlug in der Luft einen vergnüglichen Salto. Dann klatschte er wieder hinein in das flüssige Blau.

Abrupt brachen die Träume der beiden ab. Das tiefe Blau in ihrem Köpfen wurde zu Grau, dann zunehmend heller.

Nach einer Weile erwachten sie und schauten sich um. Vor ihnen stand mit den Beinen im Wasser ein ziemlich großer Mann. Der hatte eine Art Schuppenhemd an, das in der Sonne hellgrün schimmerte, er trug eine merkwürdige Schürze aus hellen Tangblättern und auf den dunklen Haaren saßen ein paar Seesterne. Und er hielt den goldenen Stab in seiner linken Hand. Jetzt konnten sie auch erkennen, dass es kein Stab war, sondern ein Dreizack, ein güldener Dreizack.

„Da seid ihr ja wieder, ihr Menschenkinder. Ich muss mich bei euch bedanken. Ihr habt mich errettet und mir den Dreizack aus dem Fleisch gezogen. Er war so unglücklich geworfen, dass ich mich nicht mehr rühren konnte. Aber nun bin ich wieder voll und ganz im Besitze meiner Kräfte und ich möchte euch danken für meine Rettung."

Dörte und Andreas schauten sich ungläubig an, dann wandten sie ihre Blicke wieder zu dem großen Mann mit den seltsamen Haaren, aus denen das Wasser tropfte.

„Der sieht eigentlich doch ganz freundlich aus." meinte Dörte.

„Sei still!", zischte Andreas, „Hör zu, was der will."

Der große Mann lachte laut und den beiden Menschen lief es wie bei einer Gänsehaut den Rücken herunter, sie lagen ganz still.

„Weil ihr mich gerettet habt, sollt ihr nun mein Siegel bekommen. Damit wird euch in allen Meeren der Welt nie etwas Böses widerfahren. Alle Bewohner der Meere werden euch zu Hilfe kommen, solltet ihr diese einmal benötigen. Darauf gebe ich euch mein Wort. Mein Wort als Brandover, Sohn des Neptun."

Und er hob seine rechte Hand empor und drücke jedem der beiden mit dem Daumen sein Siegel in den linken Unterschenkel. Es brannte zuerst wie Feuer, dann war es vorüber. Als Dörte und Andreas hinschauten, war nichts mehr zu sehen. Der Mann schöpfte mit einer Hand etwas Seewasser und besprengte damit die Unterschenkel, da wurde dann das große Siegel des Neptun sichtbar. Nach einigen Minuten verschwand es wieder.

„Lebt wohl und vielleicht sehen wir uns ja eines Tages wieder!"

Der Mann winkte mit dem güldenen Dreizack, drehte sich um und verschwand laut lachend in den Fluten. Das

Meer lag still wie zuvor, nur kleine Wellen rauschten leise an den Strand.

Langsam nur erhoben sich Dörte und Andreas. Sie schauten ins Meer, schauten sich an, sprachen kein Wort, als ob das Erlebte sie so überwältigt hatte, dass es einfach nicht in Worte zu fassen war. Wie auf ein geheimes Zeichen wandten sie sich um und gingen stumm zurück zu dem Strandabschnitt, an dem sie ihre Kleider und die Tragebeutel bei den Rädern abgelegt hatten.

DER RIESE

Das laute Krachen des Eingangstores schreckte mich aus dem Dämmerschlaf. Ich wartete gespannt, und richtig, da kam das Knirschen des großen Riegels: Nun war der Eingang verschlossen. Ich setzte mich auf und lehnte den Rücken gegen die Felswand. Ein weiteres Quietschen, das war die große Brettertür zum Keller. Dann ging endlich das Licht an.

Ich rieb mir die Augen und merkte, wie ich mich schlagartig wohler fühlte. Die Dunkelheit war Gift für mich. Es war furchtbar, nichts sehen zu können, alles bekam dann eine andere Dimension von Gefahr, jedes Geräusch wurde zu einer Bedrohung, jede Spinnenwebe von der Decke herabhängend, die mir durch das Gesicht flog, erschreckte mich in der Finsternis.

Nun konnte ich den Riesen in seinem braunen Wams sehen, wie er die hohe Steintreppe herabstieg. Ich nannte ihn nur den Riesen; er hatte nie seinen Namen gesagt. Ich war mir auch nicht im klaren darüber, ob es sich bei ihm um eine natürliche Mutation der Größe handelte, die aus welchen Ursachen auch immer geschehen konnte, oder ich dachte an Medikamente oder ein Laborexperiment etwa oder irgendwas mit einer Art von Strahlen oder so, aber letztlich war es auch gleichgültig; der Riese war einfach ein großer, ein übergroßer Mensch, der sich seiner Einzigartigkeit voll bewusst war; und so handelte er auch: Völlig egozentrisch und nur in seinen eigenen Wünschen denkend.

Ich weckte Hans auf, der ungerührt vom Lärm neben mir geschlafen hatte. Dieser rieb sich die Augen und starrte dann durch das eiserne Gitter in den großen

Raum, den der Riese mit seinen Beutestücken vollgestopft hatte. Meine Vermutung war ja, dass dies eine der natürlichen Höhlen an der Küste gewesen war, bis der Riese sie gefunden und dann ausgebaut hatte.

Der Riese war wahrhaft riesig. Er war doppelt so groß wie ich und hatte ganz schwarze zerzauste Haare und einen Vollbart, den er immer mal wieder mit einer schartigen Gartenschere zurechtstutzte. Seine genagelten Stiefel dröhnten auf dem Fels, als er näher kam; seine Augen funkelten grimmig und er warf eine braune Papiertüte auf den Sims vor unserem Gefängnis. Hans griff schnell danach, damit sie nicht wieder zu Boden fiel, das war mitunter schon geschehen, und wir wussten, in diese Tüten hatte der Riese die Nahrungsmittel für uns gesteckt. Ja ja, zu essen bekamen wir reichlich, daran litten wir keinen Mangel. Hans versuchte zuerst, die prall gefüllte Tüte durch die armdicken Eisenstangen in unseren Raum zu ziehen, aber das ging nicht. Also öffnete er das Papier und nahm alles heraus, ein großes Stück Käse, zwei Laibe Brot, eine Gurke, ein Stück Braten und ein paar Äpfel. Alles kam sorgsam gestapelt in die Essecke linkerhand.

Unser Gefängnis war etwa zehn mal zehn Schritte groß, nach oben hatten wir reichlich Luft, es ging wohl an die vier Stockwerke, so weit wir eben noch sehen konnten, aber die Höhle war noch viel höher, ein Ende war nicht zu erkennen.. Der Boden war mit trockenem Laub und Stroh bedeckt, von Zeit zu Zeit warf uns der Riese ein Bündel auf den Sims und wir zogen es dann durch die Gitter hinein; aufgehäuft und etwas festgeklopft ergab sich dann daraus doch eine halbwegs bequeme Lagerstatt. In der von uns so genannten Essecke tropfte ein kleines Rinnsal aus der Felsendecke und versickerte dann in einer Bodenspalte, damit durften wir unseren Durst stillen. Weit hinten gab es ein Plumpsklo, das war einfach Loch im Boden, und daneben standen ein paar hochgestapelte Großpackungen mit Toilettenpapier. Wie der Riese uns grinsend erklärt hatte, wollte er auf jeden Fall vermeiden, dass wir auf unsere gewohnte Hygiene und Körperpflege verzichten mussten, denn, wie hatte er gesagt:

„Ich mag meine Beute froh und gesund, dann bekommt sie mir am besten."

Also sorgte er ziemlich gut für uns, zumindest mussten wir nicht hungern. Und immer wieder einmal warf er uns eine Flasche Flüssigseife zu oder einen Flacon Parfum. Nun ja, letztes ließen wir gleich links liegen.

„Nun will ich aber meine Geschichte hören!" brüllte der Riese und warf sich in den zu einem sesselähnlichen Gebilde aufgetürmten Stapel Matratzen, Kissen und Daunenbetten direkt vor unserer Gefängnishöhle. Ich setzte mich also ans Gitter und begann zu erzählen.

Immer wieder musste ich das machen, wenn der Riese hereingekommen war und schlafen wollte, dann musste ich ihm eine Geschichte erzählen, und dann schlief er ein. Zum Glück für mich ließ er immer das Licht brennen, so konnte ich dann mit deutlich weniger Ängsten die Zeit überbrücken, bis er wieder erwachte und mit einem herzhaften Gähnen die Höhle wieder verließ. Wir blieben dann im Dunkeln zurück. Auf unsere Bitten hin, uns doch wenigstens ein Licht anzulassen oder eine Kerze mit Zündhölzern zu geben, hatte er nur gelacht und gemeint, dass er uns keine Gelegenheit geben wolle, mit der wir so etwas wie einen Ausbruch planen könnten, und wenn wir nichts sehen können, dann können wir auch nicht solche Dinge planen. Vermutlich war das auch der Grund, weshalb er uns die Schuhe weggenommen hatte.

Ich vermutete weiter, dass es irgend einen geheimen Zugang zu unserem Gefängnis geben musste. Zum Beispiel der Hans, der war eines Tages –oder eines Nachts, was spielte das für eine Rolle, hier bestimmte die Anwesenheit des Riesen, ob es Licht gab und damit so etwas wie Tagesstimmung oder Dunkelheit, wenn er wieder weg war und das Licht gelöscht hatte, - der Hans war plötzlich dagewesen und ich konnte nicht feststellen, wo er und wie er hier hereingekommen war. Er selbst hatte mir erzählt, dass er auf dem Heimweg gewesen war und dann sei alles schwarz geworden; als er wieder aufgewacht war, lag er schon bei mir in dieser hohen Gefängnishöhle.

Mit Hans zusammen suchten wir dann in dem vollgestopften Felsgemach etwas, was uns zur Flucht verhelfen konnte. In unserem Gefängnisraum fanden wir nichts. In der großen Höhle standen viele Kisten und prallgefüllte Säcke mit wer weiß was, aber hinter Truhen, Schränken und großen teppichverhüllten Gebilden gab es viele Stellen voller Schatten, den unsere Blicke nicht durchdringen konnten. Drei armlange Neonleuchten gaben das notwendige Licht, zumindest für den Riesen.

Als der endlich eingeschlafen war und laut und heftig schnarchte, fragte Hans mich:

„Sag mal, warum erzählst du dem Riesen eigentlich immer Geschichten, die etwas mit Essen zu tun haben? Ich frag mich das schon die ganze Zeit, die wir hier zusammen eingesperrt sind. Es geht immer um etwas Essbares, wenn du dem Riesen etwas erzählst."

Ich schaute mir den Riesen an, wie sich seine mächtige Brust hob und senkte im Rhythmus seiner Atemzüge. Dann wandte ich mich an Hans und grinste ihn an:

„Das mit dem Essen, das kommt daher, weil der Riese, als er mich hierher gebracht hatte, damals, vor ich weiß nicht mehr wie viel Tagen oder Wochen oder gar Monaten, wann ist mir völlig unklar geworden; er hat mir ja auch die Uhr weggenommen, ich hab einfach kein Zeitgefühl mehr. Also, da hat er gesagt, dass er etwas Lebendiges braucht, wenn er nach Hause kommt. Damit er sich nicht so allein fühlt. Und außerdem ist ihm sein Hungergefühl abhanden gekommen, ich solle ihm also gefälligst recht bunte Geschichten erzählen, die vom Essen handeln, denn auf diese Weise erhofft er sich, dass sein Appetit wiederkommt. So hat er damals geredet. Und ich habe das dann gemacht. Zum Glück ist meine Phantasie groß genug, dass mir immer noch etwas einfällt. Anfangs habe ich ihm nur Märchen erzählt, alle, die ich noch aus meiner Kinderzeit kannte, und da kam überall etwas mit Essen vor. Bei Rotkäppchen, beim Wolf und den sieben Geißlein, beim Froschkönig oder dem tapferen Schneiderlein, bei Schneeweißchen und Rosenrot und so weiter. Und als ich mich an keine weiteren Märchen erinnern konnte, da hab ich mir eben eigene Geschichten ausgedacht. Aber ich merke, so ganz allmählich gehen mir die Möglichkeiten aus, vielleicht sollte ich anfangen, ihm ein paar Kochrezepte zu erzählen.“

„Ach ja, wenn ich an die Kohlsuppe meine Oma denke.“

Hans seufzte laut und schaute so traurig drein, dass ich ihm einen Stups gab und in die Riesenhöhle zeigte.

„Lass das Träumen. Schauen wir doch lieber nach, ob wir nicht endlich etwas finden können, das uns hier heraushilft. Wir brauchen irgendwas, um diese Gitterstäbe aufzubrechen."

Wir schauten und schauten, aber da war nirgends ein Werkzeug zu sehen. Und selbst wenn wir etwa Hammer oder eine Eisensäge gesehen hätten, was hätten wir damit schon ausrichten können? Denn jedwedes Werkzeug, das wir hätten erblicken können, lag ja außerhalb unserer Reichweite. Und wie wir immer wieder festgestellt hatten, waren die Gitterstäbe so dick wie mein Unterarm und sehr stabil in Boden und Decke gerammt.

„Pass mal auf", fragte Hans und klopfte an einen der Stäbe, „weißt du noch, wie dich der Riese hier herein bekommen hat?"

Ich schaute ihn an.

„Nein, ich war wohl betäubt oder bewusstlos, so wie du auch; ich habe keine Ahnung, wie das zugegangen sein könnte. Aber du hast recht. Er muss uns ja auf irgendeine Art und Weise hier in unser Gefängnis gebracht haben. Aber wo ist er nur, der Eingang, oder der Ausgang für uns?!"

Wir klopfen die Wände zum wiederholten Male ab, wieder fanden wir nichts. Alles war nur nacktes Felsgestein. Hans schob den Stapel Toilettenpapier beiseite und scharrte mit dem Fuß im darunter liegenden Laub. Dann verzog er sein Gesicht und ächzte:

„Ich hab mich gestoßen. Oh Mann, tut das weh!"

Er bückte sich und suchte mit den Händen in Laub und Stroh und zog endlich etwas Längliches ans Licht. Er brachte seinen Fund zu mir ans Gitter, da war es heller, und hielt es hoch empor. Wir beschauten den Gegenstand, beklopften ihn, Hans roch auch daran und meinte schließlich:

„Das ist ein Knochen. Eindeutig."

„Ja, du hast recht. Das ist ein Knochen. Vermutlich ein menschlicher Knochen. Sieht nach einem Oberarm aus, hier mit den Gelenkköpfen."

„Dann sind wir also nicht die ersten hier, dann hat der Riese schon vor uns Gefangene hier gehalten."

„Das scheint so. Auf jeden Fall kennt er sich aus, wie man diese behandelt. Daher auch die fehlenden Schuhe und die gute Verpflegung."

„Vielleicht ist der hier ja vor Entkräftung gestorben, und nun, denk an die letzte große Papiertüte, jetzt achtet er darauf, dass wir nicht verhungern werden."

Hans schaute nachdenklich auf den schnarchenden Riesen vor den Gittern auf seiner Ruhestatt:

„Oder vielleicht ist er Kannibale. Und dann wäre es nicht gut, wenn sein Appetit wiederkäme."

Ich schaute auf den Knochen, dann auf den schlafenden Riesen und schluckte.

MARMELADENGEDANKEN

„Mutters Mus ist ohne Frage

Stets das Beste alle Tage!"

„Wenn seine Frau davon erführe,

Nähm sie auch täglich Konfitüre!"

„Mit Marmelade

ist nichts zu schade."

Die Luft stand in dem lichtdurchfluteten Raum, dem Denkraum. Hier saßen oder standen die kreativen Köpfe der Firma. Diejenigen, die für ihre Kunden die neuesten Werbesprüche produzieren mussten oder sollten. Auf jeden Fall aber wollten, denn neben dem nicht eben kleinlichen Salär gab es für jeden gelungenen Werbevertrag einen Extrabonus, und der hatte sich gewaschen. Da kam schon mal leicht die Summe für das neue Automobil heraus.

So saßen sie denn an den kleinen Tischen in bequemen Sesseln oder, wie Frank Wichmann, liefen herum wie Nurmi oder standen wie Henning Grothe mitten im Weg und sinnierten, zergrübelten sich die Hirnwindungen, zermarterten ihre Gedanken und Erinnerungen und spürten, wie alles, was mit Lebensmitteln zu tun hatte, sie immer wieder in ihre Kindheit zurückbrachte.

Helen trank ihre Tasse Pfefferminztee leer und seufzte laut:

„Vielleicht sollte ein Diabetiker diese Reklame machen. Der versteht doch was vom Süßsein."

„Oder ein ganz Süßer, so wie Hänschen."

„Ach geh mir los, die Schwulen haben so doch auch keine Ideen mehr. Denk doch nur an die letzte Joghurtwerbung von dem."

„Mit Honig ging das sicher besser, da könnte man immer wieder auf Biene Maja zurückgreifen. Da ist die Lizenz schon so lange abgelaufen, da können wir über das ganze Bienenreich verfügen."

„Aber wir sollen für Marmelade werben, für einen süßen Brotaufstrich. Für ein zuckriges, obstiges, rotes oder grünes oder buntes, was weiß denn ich. Wenn wir erst die Werbung haben, dann machen die Chemiker schon die Farben für das Produkt, was wir vorschlagen."

„Das ist vielleicht unser großer Fehler, wir haben einfach noch kein Produkt. Sonst ist es doch so, dass die Firma etwas hat, für das sollen wir werben. Und jetzt, jetzt ist das nur eine Idee. Irgendwas Süßes. Na gut. Aber was?"

„Regenbogenkaramelle.

Die eß ich gern, denn ich bin helle."

„Na lass man, Werner, das war so grottenschlecht, das hätte schon der Chef selbst nicht schlechter machen können."

Werner war beleidigt. Er zog sich schmollend in seinen Lieblingssessel zurück und nippte an seiner Cola. Er drehte sogar den Sessel so zum Fenster, das man nur noch seinen Hinterkopf sehen konnte. Sie alle kannten das schon seit Jahren. Sie waren schon seit über fünf Jahren in der Firma, jeder kannte die Schwächen und Stärken der anderen. Jeder hatte schon mal mit dem, dann wieder mit einem anderen Allianzen geschlossen, wenn es um ihnen wichtige Dinge ging. Aber trotz aller

Anwürfe, Beleidigungen und lautem Geschrei hielten sie wie die Musketiere zusammen, denn sie hatten ein Ziel, sie wollten den Erfolg. Und bisher hatte es auch immer wieder vorzüglich geklappt, sie hatten schon ein paar Jahre lang den Pokal für die beste Werbung in der EU gewonnen. Und auch diesmal wollten sie alles daran setzen, dass sie wieder die Sieger wurden.

Es ging um ein Produkt, mit dem ein großer Lebensmittelkonzern eine neue Süßigkeit auf den Markt bringen wollte. Dabei war es zunächst unerheblich, was darin war. Es konnte alles sein, eine Obstmischung etwa, ein reines Obstmus oder ein Gemisch aus Früchten und Schokolade oder etwas mit Bio, Gurke und Heidelbeere oder Kürbis mit Kirsche. Der Firma war es zunächst völlig gleichgültig, wie das Endprodukt aussah und was darin enthalten sein sollte, die Farbe wie auch die Konsistenz, ob eher flüssig und geschmeidig oder mehr fest und bröckelig oder wie eine Creme zum Schmieren, das alles würde später in den werkseigenen Laboratorien von den Chemikern hergestellt werden. Jetzt zunächst musste ein Produktname gefunden werden, der sollte einschlagen wie eine Bombe und dem zukünftigen Kunden schon das Wasser im Munde zusammenlaufen lassen, wenn er nur den Namen hört. So hatte es der Chef gewünscht, nein, befohlen.

Und nun saßen sie hier im Denkraum mit den hohen Glasfenstern im fünften Stock, auf den Tischen lagen die Schreibblöcke und Kugelschreiber, die Kaffeemaschine gurgelte in der Ecke auf dem Sideboard mit den Tassen und Bechern, man sah förmlich in der Luft die Fetzen der Ideen und Gedanken.

Ditmar rieb sich seine hohe Stirn, er nahm sich immer noch übel, dass er damals einer Faschingsveranstaltung wegen seiner Haare vorn ausrasiert hatte und sie waren nicht nachgewachsen, Ditmar also sagte mit seiner sonoren Stimme:

„Ausgerechnet Marmelade. Wenn es doch nur um Wurst oder Schinken ginge, um etwas aus Fleisch und Blut, wo was dran ist, da könnte ich gut etwas entwickeln. Aber so! Süß soll es sein und im Mund zergehen, soll aufs Brot passen oder auf ein Brötchen geschmiert werden können. Ein Mus von Pflaumen so weich im Gaumen oder so. So ein Käse!"

„Käse wäre auch mal nicht schlecht, wir haben lange keinen Reim mehr über Käse gemacht:"

Soweit der Gero. Aber der war ja immer schon mehr für Maultaschen oder Nudelgerichte mit und ohne Parmesan.

„Es schmeckt nach Urlaub, sagt Christine:

Birnengelee mit Apfelsine."

„Moment mal, das erinnert mich. Ja richtig, wisst ihr noch, beim Studium, in Kiel, da gab es damals noch diese Schilder in der Straßenbahn, gelb waren die und darauf standen diese Blankverse."

„Ja, da ging es um Brot, um eine Brotsorte."

„Ich weiß noch: Für Oma gilt`s wie für die Braut,

Der Mann ist zahm, der Paechbrot kaut."

„Und der Orje sprach zum Kulle:

Hast du nicht ne Paechbrotstulle?"

„Genau. Seht ihr, so etwas brauchen wir. Wir müssen also erst mal den Namen für das Produkt haben und dann nichts wie Blankverse, und die kommen in alle

Haltestellen und ins Internet und ihr sollt mal sehen, dann geht es los damit wie Uwes Kater!"

„Also der Name. Kurz und griffig, wie damals, also wie Paechbrot."

„Das war jedenfalls ziemlich gut, was die gemacht haben damals. Wir können uns sogar jetzt noch erinnern, obwohl es diese Paechbrotfabrik sicher nicht mehr gibt. Aber die Werbung, sie sitzt noch bei jedem von uns."

„So nötig wie die Braut zur Trauung,

ist Bullrichsalz für die Verdauung."

Alle lachten, sogar Werner drehte seinen Sessel wieder ein wenig herum, er wollte wieder mitspielen.

„So etwas brauchen wir eben auch."

„Also zuerst der Name. Kurz und treffend."

„Irgendwas mit Sonne oder so."

„Nein, zu abgegriffen."

„Und wie wäre es mit Meerglück, Meerschmelz, Meerschaum."

„Mehr Schmalz vielleicht noch. Nee, das geht gar nicht!"

„Was Süßes. Wie klingt euch Dorotheengelee?"

„Gelee, das klingt nicht schlecht. Aber Dorotheen, das ist so altmodisch. Dorisgelee, nein, das hat keinen Schwung."

„Max`Mus. Kurz und knapp. Max`Mus."

„Wieder so etwas mit Apostroph, aber es soll ja ame-
rikanisch sein. Und Max`Mus lässt sich auch überall in
der EU vermarkten."

Max`Mus. Ja, nicht schlecht. Dann fangt mal an.
Verse über Max`Mus."

„Bi uns to hus

gifft nur Max`Mus!"

„Für meine kleine süße Maus

kommt mir nur das Max`Mus ins Haus."

Die Werbetexter ließen Worte, Reime, Rhythmen
nur so durch die Luft sausen, sie selber waren ganz be-
nommen von ihren Gedanken und Ideen, schnell wurde
alles aufgeschrieben, das Geschriebene im Computer
vervielfältigt und dann hatte jeder ein paar Seiten mit
allen Werbesprüchen der letzten Stunden. Sie saßen
wieder im Denkraum und gingen sorgsam Text für Text
durch, bis am Ende drei übrig blieben. Diese sollten
dann dem Chef vorgelegt werden.

ALEXANDRA

Ein herrlicher Tag. Die Sonne strahlte nur so vom blauen Himmel, ganz zarte Häufchenwolken schwebten von einem leichten Südwind zerzaust gen Osten, das Grün der Büsche und Bäume kontrastierte das satte Gelb der Rapsfelder und Alexandra hüpfte vergnügt hinter dem Bauern Fritz Kruse auf dem sandigen Feldweg, es ging zu den Koppeln, auf denen sich die Kühe und Kälber des Bauern am frischen Gras die Mägen füllten. Alexandra war mit den Eltern für zwei Wochen hierher gekommen, Ferien auf dem Bauernhof, das war besonders der Wunsch der Mutter gewesen, denn:

„Das Kind soll ja lernen, wo unsere Milch herkommt. Sie muss mal wieder richtig spüren lernen, wie Wald riecht, wie Schafe aussehen und Kühe, wie Heu duften kann und welche Arbeit letztlich so ein Bauer hat, der dafür sorgt, dass wir alle genug zu essen haben."

Ganz nebenbei wollte die Mutter aber auch in Ruhe ihr dickes Buch zu Ende lesen und mit Alexandras Vater genügend Zeit finden, ohne dass die Tochter immer zu ihren Füßen mit Legos spielt oder sich mit ihren Freundinnen am Handy über ganz wichtige Dinge unentwegt austauschen muss. Kurz gesagt, die Mutter wollte Zeit für sich, Ferien vom Ich sozusagen, endlich gemeinsam mit dem Vater möglichst zu zweit nur Stunden verbringen können, ohne schlechtes Gewissen und mit der Gewissheit, dass Alexandra gut behütet und gut abgelenkt gute Dinge erleben und erfahren konnte.

Alexandra hatte schnell mit dem Bauern Kruse Freundschaft geschlossen, sie durfte ihn Fritz nennen und duzten; das war hier auf dem Lande gang und gäbe, alle duzten sich, auch die Mama wurde vom Bauern und seiner Frau geduzt, da war doch nichts dabei. Und jetzt an der großen Koppel öffnete der Bauer das Gatter und ging mit Alexandra hinein auf die Weide. Die Kühe hoben nur kurz ihre schweren Schädel mit mampfendem Mäulern hoch, schauten zu den beiden Menschen hin, keine Gefahr, dann senkten sie wieder die Köpfe, und mit der langen Zunge griffen sie ins grüne Gras und schoben sich die nächste Fuhre Grünzeug in das Maul. Nur die Kälber kamen auf den hohen dünnen Beinen herangestakst und glotzten. Alexandra hielt jetzt schon ihre Hand ausgestreckt dem kleinen schwarzbunten Kalb entgegen; nach anfänglichem Zögern war sie schon durch mehrere Begegnungen immer an der Seite von Bauer Kruse mutiger geworden und wusste, dass ihr die Kühe nichts tun und die Kälber hochgradig neugierig waren. Sie genoss jetzt die Wärme der weichen Mäuler und feuchten Nasen, das Streicheln vom glatten Fell. Alexandra klopfte dem Kalb fester gegen die Seite und lehnte sich dann mit ihrem ganzen Körper dagegen, legte ihren Kopf an den Kalbskopf und fühlte sich froh und glücklich.

„Wie heißt das Kälbchen denn?" fragte sie den Bauern.

Der grinste nur.

„Das Kalb hat keinen Namen. Wenn ich all meinen Kühen erst Namen geben würde, dann wäre es mit den Jahren sicher schwer, sich die alle zu merken. In diesem Jahr hab ich allein hier auf der Koppel vierzig Stück stehen, und hinter der Mulde sind noch einmal an die fünfzig. Und oben am Knick auf der Weide da sind auch sicher noch einmal an die Fünfzig. Nein, wenn ich für jedes einen Namen haben würde, dann müsste ich ja ein Namensbuch haben, das wäre dann so dick wie das Telefonbuch. Meinst du nicht auch?"

„Aber wie kannst du dir denn merken, welches Tier das nun ist?"

„Schau, die haben doch alle diese gelben Ohrmarken, da steht dann jeweils ihre Nummer drauf, so können wir die Tiere besser erkennen und unterscheiden. Früher, ja, da hatten die alle Namen, aber zum einen hatte wir damals noch nicht so viele Tiere, ich weiß noch, als ich so alt war wie du jetzt, da waren hier auf dem Hof nur acht Milchkühe. Die hatte alle einen Namen. Und soll ich dir was sagen, die hörten sogar auf ihre Namen, wenn man sie gerufen hat. Aber heute, na ja, wir sind ja in einer schnelllebigen Zeit, heute sind hier die Tiere nur noch zum Mästen, keine Milchkühe mehr. Heute sind wir Bauern alle Spezialisten geworden: die einen machen nur noch Milchwirtschaft, die anderen mästen nur. Aber das sind wohl eher meine Probleme. Jetzt komm Alexandra." sagt Bauer Kruse, „wir wollen noch für das Wasser sorgen. Die Tiere sind durstig bei dem schönen Wetter!"

Er nahm das Mädchen an die Hand und sie gingen zur steingefassten Tränke, wo der Bauer dann die elektrische Pumpe anwarf und den Trog wieder mit Wasser befüllte. Das Kalb war ihnen gefolgt wie ein Hündchen und Alexandra streichelte es unentwegt und redete mit ihm, sie konnte am heftigen Wedeln der gelben Ohrmarken sehen, dass das Tier ihr anscheinend auch zuhörte.

„Seine Zunge kitzelt so!" lachte sie den Bauern an.

„Wahrscheinlich meint das Kalb, du sollest ihm etwas Besonderes zu fressen geben. Warte, ich weiß dahinten eine gute Stelle, da müssen noch ein paar Mohrrüben liegen."

Sie ging an das Ende der Koppel zum Stacheldrahtzaun, auf dem angrenzenden Acker stand der Weizen schon ziemlich hoch. Vor dem Zaun auf einem kleinen Hügel lagen eine Handvoll der roten Rüben mit den grünen Büscheln, Alexandra nahm eine nach der anderen auf und hielt sie dem Kalb hin. Dieses roch erst und dann mit großem Appetit fraß es schnell und sicher eine nach der andern auf.

„So, " meinte Bauer Kruse, „nun wollen wir wieder zum Hof gehen. Das Kalb muss jetzt noch ein wenig mehr Grünzeug futtern es soll ja schließlich groß und stark werden so wie meine anderen Ochsen und Kühe auch."

Sie gingen zum Gatter, dort blieb das Kalb zurück und schaute ihnen durch den Drahtzaun nach.

Alexandra winkte ihm noch. Dann nahm sie die Hand des Bauern und ging zurück zum Hof.

„Wie lange braucht das Kalb wohl noch, bis es richtig groß ist?"

„Das wird noch bis zum Herbst dauern, dann im September oder so wird es erst abgeholt werden."

„Und dann?"

„Dann kommt es zum Schlachthof." Sagte der Landwirt ganz sachlich.

„Es wird geschlachtet?!"

Ungläubig blickte Alexandra den Bauern an.

„Ja natürlich. Was glaubst du denn, woher all das Essen kommen soll, was ihr jeden Tag verzehrt. Der Sauerbraten, die Leberwürste, die Bouletten, das Hackfleisch, die Wiener Würstchen, all das kommt doch letztlich hier von den Weiden und Koppeln."

Alexandra wurde ganz still. Diesen Abend schmeckte es ihr nicht sehr. Sie aß nur ein Käsebrot.

SUPPE

Als der Pastor das Kreuz geschlagen und seine Bibel zugeklappt hatte, waren die meist dunkelgekleideten Männer und Frauen oft paarweise an das offene Grab getreten und hatten ihre Handvoll Erde auf den Sarg geworfen. Auch Mechthild Brauer trat an die Grube, aber erst, als die meisten anderen Trauergäste schon den Angehörigen die Hand gedrückt und ihr Beileid ausgesprochen hatten. Sie warf mit der Linken ein wenig Sand hinab, in der Rechten, dicht an den Körper gepresst, hielt sie ein zerknülltes Taschentuch und ihre dunkle Handtasche. Sie seufzte und schaute sich um, dann auf ihre Armbanduhr, die zeigte halb eins an. Mit festem Schritt ging sie mit den anderen den birkengesäumten Friedhofsweg zurück zum Eingang. Dort wandte sie sich zusammen mit vielen anderen nach rechts über den kleinen beschrankten Bahnübergang zum Gasthaus Waldhusen.

Dort war schon alles vorbereitet für das Trauermahl.

An der Garderobe gab es ein dichtes Gedrängel, aber Mechthild Brauer hatte Glück und konnte ihren dunkelblauen Mantel ganz nach hinten an einen silbern glänzenden Haken hängen. Sie nahm ihre Tasche unter den Arm und betrat die Gaststube, wo schon auf vielen langen Tischen mit damastenen Decken jeweils bis zu zehn Plätze mit dem hellen Porzellangeschirr mit Goldrand ausgelegt waren, dazwischen standen kleine Vasen mit frischen Blumen und hohe brennende Kerzen.

Mechthild suchte sich einen Platz am Rand an dem Tisch, der gleich neben der Küchentür standen, wartete aber mit dem Hinsetzen, bis ein paar Trauergäste sich ebenfalls für diesen Tisch entschieden hatten. Sie setzte sich neben ein älteres Paar, gegenüber saß ein alleinstehender Mann, auch schon jenseits der Sechzig. Das Stimmengewirr wurde zunehmend lauter, überschritt aber nicht eine gewisse würdige Grenze, der Situation angepasst. Die drei Serviererinnen in den weißen gestärkten Schürzen trugen fleißig Kaffee und Wasser mit und ohne Sprudel zu den Tischen, dann kam die Suppe. Heute gab es Gulaschsuppe, heiß und kräftig, was Mechthild wie viele andere Gäste auch sehr begrüßten, denn durch das längere Stehen am Grab jetzt im November waren sie doch alle ziemlich ausgekühlt. Zum Glück war der vorhergesagte starke Wind durch die vielen Bäume auf dem Friedhof abgefangen worden.

Mechthild genoss wieder einmal den behaglichen Rahmen mit den Kerzen, den abgedimmten Wandleuchten und dem sanften aber stetigen Stimmengemurmel. Sie unterhielt sich mit ihren Tischnachbarn, wie üblich mehr an der Oberfläche schwimmend, es ging um die Predigt, die Würdigung des Verstorbenen, das Wetter, die bevorstehenden Feiertage, die nur schlecht vorankommenden Straßenarbeiten und das Fernsehprogramm. Mechthild genoss die warme Suppe, die unaufdringlichen Gespräche, dann wurden die belegten Brötchen gebracht, die ersten Gäste bestellten auch Cognac zum Kaffee oder eine Flasche Bier. An ihrem Tisch konnte Mechthild sich am Gespräch über die Vorstellungen der Stadtverwaltung hinsichtlich des Busverkehrs und beabsichtigte Sperrungen wegen des Weihnachtsmarktes beteiligen, hörte aber meist zu und lächelte leise, nickte dem alleinsitzenden Herrn oft bestätigend zu und goss der Frau des Ehepaares auch aus der Kaffeekanne immer wieder ein. Sie wunderte sich, dass diese schlanke Dame so viel Zucker in ihre Tasse häufte. Sie selbst hielt sich mit Süßem sehr zurück. Sie hatte von der Gulaschsuppe nachgenommen und bei den belegten Brötchen zunächst beim Fischangebot zugelangt. Dann wartete sie etwas, beobachtete die anderen am Tisch, was diese für Vorlieben an den kalten Platten zeigten, und über Wurst, Schinken und Eier war sie dann wie üblich zum Käse gekommen. Heute gibt es mal wieder den guten Camembert, dachte sie noch. Von den Weintrauben nahm sie nur ein paar weiße, die roten hatten ihr zu viel Kerne, zuweilen blieb auch etwas von der Haut zwischen den Vorderzähnen hängen, dann musste sie auf der Toilette doch ihr Teilgebiss herausnehmen und es sorgfältig säubern. Sie musste ein wenig aufpassen mit ihren Zähnen, das war ihre Schwachstelle; sie wollte erst im neuen Jahr wieder zum Zahnarzt. Ansonsten war sie schon froh, dass sie das ganze Jahr bislang ohne größere Arzttermine hatte überstehen dürfen. Zwar zwickte es gelegentlich im Rücken, das lag aber am Bett. Sie brauchte eben doch eine neue Matratze, es half wohl nichts. Vielleicht sollte sie doch endlich den Schritt zum Sozialkaufhaus machen. Bisher hatte sie sich davor immer gescheut. Zwar gehörte sie zu den unterstützten Hartz- vier-Empfängern, aber so etwas wie Scham hatte sie bisher davon abgehalten, in dieses Kaufhaus für die Armen zu gehen. Genau dieses merkwürdige Gefühl aus unterdrücktem Stolz und Scham, dass vielleicht andere sie zum Prekariat gehörig halten oder gar zum Proletariat zählen könnten, sie, eine geborene Schlüter.

Der Vater war seinerzeit ein sehr angesehener Geschäftsmann gewesen mit einer eigenen Firma, er hatte mit Kuhfellen und Pferdehäuten gehandelt und seine geschäftlichen Verbindungen hatten bis nach Russland und in die Türkei gereicht. Dann war, wie er am Familientisch immer wieder betont hatte, allein aus politischen Gründen seine Firma Pleite gegangen, der Vater hatte sich vom Dach des Hotels Maritim gestürzt, darüber war die Mutter hingesiecht und nach einem halben Jahr verstorben.

Mechthild war nur ihr Beruf als Sekretärin geblieben. Den hatte sie in Vaters Firma gelernt und war nach der Gesellenprüfung als Vaters Privatsekretärin in den Büros herumgeeilt und hatte ihres Vaters Anforderungen und Gebote den Angestellten verkündet. Nach Auflösung der Firma war sie dann von einem der Freunde des Vaters gutwillig in dessen Büro genommen worden. Aber mit der Bankenpleite war auch diese Firma, die Rösler Immobilien GmbH, vom Markt verschwunden, und so stand sie dann von einem Tag zum anderen ohne Arbeitsstelle und ohne Vermögen da. Sie hatte erst lange über das Arbeitsamt versucht, eine andere Art der Tätigkeit zu bekommen, aber für die meisten Firmen war sie schon zu alt gewesen. Wie einer der Personalmanager eines Autohauses ihr bedeutete, sei sie mit Anfang fünfzig wohl nicht mehr zu vermitteln.

Mechthild lächelte in sich hinein, denn bei „vermitteln" fielen ihr wieder die sogenannten Vermittler ein, die sie privat tatsächlich bemüht hatte, die Heiratsvermittler. Nicht dass sie keine Erfahrungen mit Männern gehabt hätte, das nicht. Da gab es den feschen Assessor zum Beispiel, der sein Juraexamen gut gemacht und nun seine erste Stelle am Amtsgericht angetreten hatte. Was konnte der nicht gut tanzen! Aber er war unvermögend. Und wie ihre Mutter ihr immer wieder sagte, sie müsse als gute Tochter darauf bedacht sein, ja keinen Habenichts als Schwiegersohn ins Haus zu bringen. Der nächste, das war der Rudi. Rudolf Bergmann. Ihr Rudi. Das war der Mann, den sie sich erträumt hatte. Er sah gut aus mit seinen etwas längeren dunklen Haaren und den eleganten Bewegungen, und küssen konnte er wie kein anderer. Am Fluss damals, ein heller Frühlingstag, das zarte Grün der Bäume und Büsche, er hatte für die Bootsfahrt ein paar Kissen mitgebracht, und im Rhythmus der Wellenschläge an die Bordwand hatte er sie entjungfert. Es war wunderbar gewesen. Rudi war wunderbar gewesen. Nie wieder hatte sie solche inneren Gefühle erlebt, nie wieder eine solche tiefe Entspanntheit verspürt, nie wieder ein so großes Vertrauen in einen Mann gehabt wie damals. Aber dann kam die Einberufung zur Bundeswehr, es gab noch die Wehrpflicht, Rudi musste zu den Soldaten und kam ins Gebirge zu den Feldjägern dort. Nach einem halben Jahr, im Februar, hatte ihn eine Lawine verschüttet. Seinen toten Körper hatte man nie finden können, vermutlich war er in eine Gletscherspalte gefallen und von all dem Schnee begraben worden. Danach hatte Mechthild lange keinen Mann mehr angeschaut. Sie hatte sich in Arbeit geflüchtet, und nach dem Tode der Eltern war das Überleben ihr allerwichtigstes geworden. Erst nach einigen Jahren ließ sie sich wieder ansprechen, ging auch mal aus, ins Kino oder zum Weinfest auf den Markt, aber es war nie etwas Festes, es war nie das tiefe Gefühl mit all dem Sehnen, all der Verliebtheit und den dummen Gedanken, die sie mit Rudi erlebt hatte. Und dann war sie viel allein, aus dem Alleinsein wurde Einsamkeit, und dann las sie die Inserate der Heiratsvermittler.

Sie war bei insgesamt drei solcher Agenturen gewesen, es hatte sie das letzte Geld ihres Ersparten gekostet, denn aus Vaters Erbe war nicht sehr viel übrig geblieben, als alle Folgekosten der Betriebsauflösung bezahlt worden waren. Das war weit nach dem Tode der Mutter gewesen, und so rutschte sie allmählich im Laufe der

Monate von einer zu vermittelnden Sekretärin zu einer nicht mehr zu vermittelnden, weil nicht mehr belastbaren, Hartz-vier-Empfängerin. Sie hockte nun in einer kleinen Einzimmerwohnung im dritten Stock ohne Fahrstuhl und konnte sich nur das Allernötigste leisten.

Als sie dann vor zwei Jahren den Onkel beerdigt hatten, da war ihr die Idee gekommen. Seitdem las sie regelmäßig die Tageszeitung, die sie am späten Nachmittag unten von der Frau des Hausmeisters abholen durfte, aber sie las nur die Todesanzeigen. Sie würde ab jetzt zu Beerdigungen gehen, nicht wegen anerzogener oder moralischer Schuldgefühle, nein, um sich an guten Dingen wenigstens einmal in der Woche satt zu essen! Im Laufe der Wochen und Monate konnte sie dann auch zwischen den Zeilen lesen, und so wusste sie nach einem halben Jahr genau, wo es sich für sie lohnen würde, zu welcher Beerdigung sie gehen konnte. Sie suchte sich zunächst eine aus, einmal in der Woche, eine möglichst große, die auf dem Waldhusenener Friedhof stattfand, denn dorthin konnte sie mit dem Bus fahren und das Lokal Waldhusen, in dem gewöhnlich dann das Begräbnisessen stattfand, war gleich daneben. Sie suchte sich dann eine ihr geeignete Todesanzeige mit vielen Unterschriften von Trauernden, dann machte sie sich zurecht als Dame in Schwarz, die Trauerkleider von den Bestattungen der Eltern hatte sie ja noch; sie fuhr mit dem Bus zum Friedhof, ging in die Kapelle zum Trauergottesdienst, dort hörte sie dann aus der Predigt, um wen es ging, um wen getrauert wurde, dann konnte sie anschließend bei dem doch recht oberflächlichem Gerede hinterher so mitreden mit den anderen Trauergästen, als ob sie eben eine gute Bekannte der oder des Verstorbenen gewesen sei. Es gab dann immer ein gutes Essen, und Mechthild schätzte diese Art von warmem Essen sehr, besonders im Winter. Und die herzhafte Gulasch-suppe aus dem Hause Waldhusen war immer ausge-sprochen schmackhaft und hielt oft drei Tage vor. Da konnte sie eine Menge einsparen.

RAVIOLI

Die Aufregung hatte sich endlich gelegt. Vor einer Stunde waren alle gegangen. Jetzt war Hermann wieder allein. Ganz allein. Er schloss das Fenster zur Straße und schaute sich um. Der abgewetzte Teppich zeigte noch die festgetretenen Kanten, wo die Stühle hin und hergerückt worden waren. Nun hatten die Nachbarn ihre Stühle wieder abgeholt und Hermann blieb nur noch der hohe Ohrensessel, in dem er die letzten dreißig Jahre Tag für Tag den Feierabend und später dann nach der Berentung den Tag verbracht hatte.

Er hatte oft am offenen Fenster im Sommer den Kindern und Jugendlichen zugeschaut, die sich im Schwimmbad auf der anderen Straßenseite im Krähenteich die bunten Bälle zuwarfen, auf der kleinen Rutsche ins dunkle Wasser glitten und mit einem fröhlichen Aufschrei von der Kante in den Teich sprangen. Das war natürlich verboten, und mehr als einmal hatte Hermann es mitbekommen, wie der Bademeister Uwe Wichert heftig auf seiner Pfeife geblasen und so den Übeltäter aus dem Wasser hatte holen wollen. Aber meist war dieser dann unter der Absperrung hindurchgetaucht und ans andere Ufer geschwommen, wo er dann sich am Gesträuch hochgezogen hatte und auf dem Uferpfad von dannen geschlichen war.

Er selbst hatte als Kind noch erlebt, wie die Bagger den Teich vertieft hatten und die Freibadeanstalt eröffnet wurde. Vorher hatte es hier nur ein Stück Rasen am Ufer gegeben, zwischen den Ruinen der Häuser, die vom Krieg zerbombt vielfältige Möglichkeiten für die Jungen zum Spielen geboten hatten. Aber dann waren die Häuser wieder aufgebaut worden, es gab einen

Zaun, und vorbei waren die Ausflüge in Ruinen und in den Teich. Bis der Rat der Stadt dann seine Einwilligung zur Eröffnung einer Freibadeanstalt gegeben hatte. Denn einer der Eigentümer eines Grundstückes hatte in seinem Testament verfügt, dass die Stadt sein Grundstück erhalte, wenn sie eine Badeanstalt für die Einwohner zu "zivilen Preisen", so hatte es da gestanden, einrichte. Da zögerte der Rat der Stadt nicht allzu lange; das kleine Gebäude wurde umgewidmet, es gab eine Kasse und Umkleideräume sowie eine Toilette, was sein muss, muss sein, und seit dem Eröffnungstag war das Bad gut besucht, von Ostern bis in den Oktober hinein. Dann wurde es geschlossen, die schwimmenden rotweißen Absperrungen wurden eingelagert, im Januar kamen die Maler und gaben den Räumen einen neuen Farbanstrich, Ostermontag wurde das Bad dann in jedem Jahr wieder eröffnet.

Von Beginn an war Hermann Stammgast im Bad gewesen, erfreulicherweise hatte er jedes Jahr von seinem Opa eine Jahreskarte zu Weihnachten bekommen. Zusammen mit seinen Klassenkameraden hatte er dort auch Schwimmen gelernt, noch beim alten Krause. Der hatte ihnen anfangs einen Gürtel aus Kork umgebunden und sie dann ins Wasser geworfen, mit einer langen Stange war er dann am Ufer entlang gegangen und hatte sie angetrieben, besonders mussten sie auf die regelmäßigen froschähnlichen Beinzüge achten. Später dann lernten sie durch sommerliches Training auch das Kraulen, das unter den Mädchen Durchtauchen, das vom Rand hineinspringen oder aus dem anfangs noch recht sandigen Untergrund Gummiringe aufsammeln. Er grinste, einmal mussten sie zu dritt auf Krauses Geheiß hinein, es war schon spät, schon nach sechs Uhr abends, aber Krauses Nachbar Henze hatte sein Gebiss im Bad verloren, und die Jungen bekamen jeweils eine Schwimmbrille und sollten nun nach dem Gebiss tauchen. Sie suchten über eine Stunde, aber sie fanden es nicht. Dann war auch schon die Sonne unter dem Horizont verschwunden gewesen und es wurde zu dunkel unter Wasser. Eine Lampe wie für die Berufstaucher gab es nicht in der Badeanstalt.

Und dann war da noch Lina. Sie kam eines schönen Sommermorgens mit ihrer Freundin Gitta ins Bad, Hermann war gleich in sie verliebt gewesen.

Allein wie sie schon ging, und dann ihr fröhliches Lachen. Und in dem dunkelblauen Badeanzug sah sie einfach umwerfend aus, fand er. Aber zunächst machte er das, was viele Jünglinge tun, er warf sich in die Brust und redete mit seinen Freunden recht laut und tat so, als bemerke er die Mädchen gar nicht. Dann ein paarmal vorübergeschwommen, auch mit Kalle ein paar Spritzer auf die am Rand sitzenden Mädchen, später am kleinen Kiosk dann wie rein zufällig „Guten Tag" und „Möchtest du auch ein Eis?" und dann im Laufe der ersten Woche schon kam es zum ersten Kuss. Denn Lina mochte ihn auch sehr gern. Und im Herbst auf der Kirmes fuhren sie zusammen im Riesenrad und in der Geisterbahn, im nächsten Jahr war es dann richtig ernst geworden mit ihnen. Sie blieben zusammen, auch wenn er wegen seiner Ausbildung jeden Morgen in die Nachbarstadt fahren musste. Nach der Gesellenprüfung wurde geheiratet. Der Opa war zwei Jahre vorher verstorben und seitdem wohnte Hermann allein in der kleinen Wohnung unten im Haus. Dorthin zog er nun mit seiner Frau, seiner Lina, und sie fühlten sich sehr wohl.

Als Lina dann schwanger wurde, besuchten sie das Freibad nicht mehr. Lina konnte aber leider das Kind nicht lebend zur Welt bringen, es war schon in ihrem Leib abgestorben und keiner wusste so recht, warum.

Die Ärzte rätselten und untersuchten, es blieb unklar, ein Infekt, so hatte es geheißen. Aber nun konnte Lina keine Kinder mehr bekommen. So richteten sie beide nun ihr Leben zu zweit ein und hielten umso mehr aneinander fest.

Hermann hatte es immer sehr genossen, wenn die ersten lauten Juchzer aus dem Schwimmbad in sein Wohnzimmer herüberklangen. Wenn er müde und arg zerschlagen von der Arbeit gekommen war, dann wollte er nur noch etwas trinken und dann ins Bett. Später hatte seine Lina hatte ihm jeden Tag eine gute Mahlzeit bereit gestellt. Sie hatten oft gemeinsam am Fenster gesessen und den Betrieb in dem Bad angeschaut, hatten gemeinsam gelästert über diese Frau oder jenen Mann, Lina war immer wieder geradezu entzückt gewesen über die Angstrufe der Mädchen vor dem zu kalten Wasser. Ja, das war schon schön gewesen, mit Lina hier zu sitzen und das lustige Treiben dort drüben anzusehen. Aber dann war vor einigen Jahren Lina nicht mehr vom Einkaufen zurückgekommen, ein Busunfall, so hatte man es ihm erzählt. Und jetzt war das Haus verkauft worden, der neue Besitzer wollte es sanieren, von Grund auf, wie er sagte, und hatte wegen Eigenbedarf dem Hermann gekündigt. Morgen sollte er hinaus. Heute früh hatten Freunde, Nachbarn und Fremde alles aus den Zimmern geholt, was es noch wert war, benutzt zu werden. Hermann selbst hatte einen Platz in einem Seniorenhaus, so nannte es sich, erhalten. Ein Altersheim von der Stadt, so war es für ihn, das Abstellgleis für die Unnützen, für die, die man nicht mehr brauchen konnte, die nur noch versorgt werden sollten, und das Urnenbegräbnis auf Kosten der Stadt war auch schon vorbereitet, das hatte er seinen Freunden heute Morgen noch erzählt und sie hatten dabei milde geschmunzelt. Sie wussten alle, dass es dem Ende zuging, noch ein paar Jahre, dann würden sie sich alle dort im Rasen der Anonymen Urnengräber wiederfinden. So hatte es Alfred gesagt und sein Glas geleert, hatte sich erhoben, noch einmal in die Runde geblickt und war dann gegangen.

Hermanns Magen knurrte. Er schlurfte in die Küche und nahm die letzte Dose Ravioli aus dem Regal, öffnete sie mit dem Dosenöffner, es kostete ihn doch mehr Kraft als er gedacht hatte, dann in den Topf damit und auf den Herd, er schaltete die Platte an und blieb daneben stehen.

Die Küche sah jetzt leergeräumt richtig verwohnt aus. Küchentisch und die Eckbank waren längst abgeholt worden. An den Wänden die hellen Schatten vom Kalender und den bunten Tellern, die Lina als Schmuck dort hingehängt hatte; die Regale leer und zerschrammt, Hermann schaute sich um, kein Geschirr mehr, das hatten sicher die Damen der Diakonie mitgenommen. Aber er hatte noch sein Besteck, Messer, Gabel, Löffel und Teelöffel, alles in einer Plastikhülle. Lina hatte es ihm zum Geburtstag geschenkt, damit er es immer in seiner Jacke mit zur Arbeit nehmen konnte: "Damit du dann jeden Tag wie ein richtiger Herr zu Tisch gehen kannst".

Als er die Ravioli für genügend aufgewärmt hielt, nahm Hermann den Topf vom Herd, stellte ihn auf die Fensterbank und begann zu essen.

SANDKUCHEN

Es war ein heißer Freitag im August. Im ersten Stockwerk des hohen Hauses am Paradeplatz saßen die drei Schwestern um den runden Tisch in Gertruds Wohnzimmer und tranken Kaffee. Gertrud hatte ihre Schwestern Amelie und Martha eingeladen, denn am Nachmittag würden viele Feuerwehrkapellen aus Schleswig-Holstein und auch aus Dänemark aufmarschieren und im Wettstreit um den Ehrenpreis ihre munteren Melodien spielen. Alle drei Schwestern mochten diese Art der Musik: Blechbläser, Flöten und Trommeln, dazu die zarteren Töne vom Xylophon.

Und die schönen Uniformen.

„Wenn die Knöpfe so in der Sonne blitzen auf den roten Jacken und alle im gleichen Takt marschieren, das erfreut mein Herz!" meinte Amelie und seufzte. „Früher war es fast noch schöner, da gab es richtige Soldaten."

Die beiden anderen Frauen lächelten sich wissend an. In der Zeit kurz vor dem letzten großen Krieg hatte sich Amelie in einen der vorüberziehenden Soldaten verliebt, nach den Märschen hatten sie sich getroffen, in einer Eisdiele zuerst und dann richtig, Tanztee, Holstencafe, Nachtmahl am Kai, große Verlobung, dann brach der Krieg aus und er musste an die Front im Osten. Er kam nicht wieder. Amelie war dann im Frauenhilfswerk unermüdlich tätig geworden, so konnte sie am ehesten ihren Verlust verarbeiten, später dann nach dem Krieg arbeitete sie beim Roten Kreuz, erst ehrenamtlich, dann als Angestellte bis zur Rente.

Die Schwestern hatten alle schon ihre Achtzigsten gefeiert, natürlich alle immer gemeinsam. Alle lebten nämlich jetzt allein. Marthas Ehemann, der Ludwig, war in den Aufbaujahren nach dem zweiten Weltkrieg an einem Herzinfarkt verstorben, plötzlich und unerwartet, wie es so treffend in den Anzeigen der Zeitungen damals gestanden hatte; Martha war untröstlich gewesen und konnte sich mit der Aufzucht der beiden Kinder ablenken und dort ihre Aufgaben finden. Bei Gertrud war es eine lange Erkrankung ihres geliebten Mannes gewesen. Sie hatten damals schon in dieser Altbauwohnung am Paradeplatz gelebt, die von den Wirren und Zerstörungen der beiden Kriege unversehrt geblieben war; Gertrud nahm das als Fügung eines ihr gut gesinnten Schicksals, wie sie den Schwestern gegenüber immer wieder betonte. Zumal die drei Kinder gesund waren und ihr meist viel Freude bereiteten, auch jetzt; sie wohnten zwar weit verstreut im Land und kamen nur selten zu Besuch, jedoch war der Kontakt über das Telefon ziemlich konstant. Gertrud liebte diese hohen Räume, im Wohnzimmer den grünen Kachelkofen mit den Rosetten, und darüber ihr ganzer Stolz, das große Ölgemälde von Königin Luise, die für die Errettung des Landes ihre Hände betend zum Himmel erhebt. Fast jeden Tag blieb Gertrud in der Tür stehen und schaute zu Luise empor und murmelte auch ein stilles Gebet, bat mal um schöneres Wetter, um Gesundung der einen Schwester oder auch um einen Gewinn im Lotto.

Heute waren sie schon zur Mittagszeit zusammengekommen und hatten Sandkuchen gebacken. Dieser Kuchen war Gertruds Spezialität, schon ihr Mann hatte in den Ehejahren immer wieder danach verlangt.

„Das Geheimnis des Kuchens, " so hatte Gertrud es vor Jahren schon ihren lauschenden Schwestern erklärt, „das ganze Geheimnis liegt im Cognac. Denn erst, als mir der Kuchen zu trocken erschien und ich mehr aus

Zufall den Teig mit einem Schuss Cognac versetzte, da hat er mir geschmeckt. Und meinem Alfred auch. Und dann, schließlich kann man von Gutem eigentlich nie genug bekommen, da wurde dann aus dem Löffel Cognac ein kleines Gläschen. Und wenn ich ehrlich bin, hab ich später das Glas etwas vergrößert. Und nun, ihr kennt das ja, nun schmeckte er uns so gut, dass ich das Rezept nie mehr geändert habe."

Die Schwestern hatten genickt und heute Mittag hatten sie also in der Küche mit dem Terrazzoboden gesessen und den Teig geknetet. Martha hatte die Cognacflasche geöffnet und vor Beginn der schweißtreibenden Tätigkeit erst einmal jedem von ihnen ein kleines Gläschen eingegossen. Sie hatten dann im Laufe der Bäckerei ihre Kleider ausgezogen, in ihren seidenen Unterröcken mit Spitzenverzierungen werkelten sie mit Mehl, Eiern und Vanillezucker, und unter einem Kleinmädchengekicher gossen sie reichlich Cognac in die Rührschüssel.

Sie sangen laut die alten heißgeliebten Schlager, „Am Sonntag will mein Süßer mit mir segeln gehen" oder Ich hab das Fräulein Helen baden sehn das war schön" und natürlich auch die „Zuckerpuppe aus der Bauchtanzgruppe", nicht immer rein, aber mit Inbrunst; Martha und Ameli tanzten sogar dazu barfuß, ihre rosafarbenen Unterröcke flatterten und alle waren fröhlich und ausgelassen, und als Ameli auf die Toilette musste, zitierte Gertrud:

„Frau Eva, die gebor`ne Rippe,

flocht eines Abends ihren Zopf.

Dann ging sie hinter eine Klippe,

denn damals gab`s noch keinen Topf.

Wie sind wir doch so weit gekommen,

denn heute gibt es das WC.

Das ist ein Ort der tausend Wonnen

Und auch der Tränen, ach Herrjeh!"

Dann endlich kam der Kuchen in den Backofen; und mit erhitzten Gesichtern setzten sich die Schwestern ins Wohnzimmer. Gertrud öffnete die Türen zum kleinen Balkon und das große Seitenfenster.

„Mit dem Durchzug wird es hoffentlich etwas kühler, zumindest optisch." Martha war in der Küche geblieben und kochte den Kaffee, natürlich auf die alte Art mit dem Melittafilter und einer Prise Zimt in der Kanne. Dann saßen die drei unter dem breiten Kronleuchter mit den vielen Glastropfen am Tisch und redeten über die Nachbarn, wer mit wem und warum nicht und weil doch im Supermarkt die Neue an der Kasse mit den roten Haaren, und dann der Herr Oberregierungsrat von gegenüber, der mit dem Homburger, und die Hitze in diesem Jahr, und die Unmöglichkeit der Jugend und ob der neue Zahnarzt, der neben dem Edeka, ob der mit seiner Arzthelferin wohl oder ob nicht, und was die Kinder, diese undankbaren Geschöpfe, denn nun tun wollten, und wie weit weg die immer ihre Urlaubsziele wählten, das hätte es bei uns nicht gegeben, und ob die sich nicht einfach mal so melden könnten oder vorbeikommen, nur so, ohne dass ein Anlass vorliegt. Dann klingelte der Küchenwecker und sie holten den Sandkuchen aus dem Ofen.

Als der frisch gebackene Kuchen auf dem Tisch stand und Gertrud ihn gerade anschneiden wollte, hörten sie die ersten klingenden Töne eines Marsches.

„Sie kommen! Sie kommen. Gleich sind die da!"

Die Schwestern liefen zu Fenster und der Balkontür. Hinaus mochten sie nicht, sie wollten sich nicht den Nachbarn so präsentieren, in ihren Unterkleidern, sie bleiben also hinter den dünnen Gardinen und schauten zu, wie sich allmählich der ganze Platz vor ihnen füllte mit den Kapellen. Eine nach der anderen spielte laut auf und zur Musik marschierten die rot und blau und grün gekleideten Spielmannzüge der Feuerwehren in verschiedenen Formationen über den Platz, bis jede Einheit ihren Standplatz gefunden hatte. Dann trat ein ziemlich großer Mann in gelbroter Uniform in die Mitte und hob seinen silbernen langen Dirigierstab. Nun spielten alle Kapellen den gleichen Marsch. Die Schwestern waren begeistert und jubelten laut, dann wurde der Sandkuchen angeschnitten und alle genossen Kaffee und Kuchen und die Musik der vielen Feuerwehrkapellen.

AM PFANNKUCHEN-ECK

Es war an einem Donnerstag gegen fünf Uhr im September. Die sechsstöckigen Plattenbauten warfen schon längere Schatten auf den abgewetzten Rasen und den Spielplatz, wo wie an fast jedem Nachmittag drei, vier Halbwüchsige sich am Rande der Sandkiste rauchend zusammengekauert hatten. Mit lautem Knattern und etlichen Fehlzündungen kam ein weiterer Jugendlicher auf einem Moped um die Straßenbiegung und fuhr auf dem Sandweg direkt zum Spielplatz, noch ein lautes Aufheulen der Maschine, und dann wurde der Motor ausgestellt. Der junge Mann stieg ab und schlenderte betont lässig zu den anderen, blieb vor ihnen stehen und zündete sich auch eine Zigarette an:

„Na ihr, was liegt an?"

„Na ja, Kurti, wir chillen hier so rum."

„Also liegt nichts an. Ihr sitzt einfach nur so da, oder?"

„Was sollen wir schon machen. Hier ist doch nix los."

„Aber Samstag, da gehen wir zur Bühne, da rockt es richtig!"

Der Neuankömmling spuckte verächtlich aus.

„Rock? Und da willst du hin, Detlev? Das ist doch was für die braven Kiddies. Da weiß ich aber was Besseres."

„Was denn?"

„Ihr werdet schon sehen. Wenn ihr genug Mut habt."

„Mut, willst du eine Mutprobe machen?"

Der Kurti lachte höhnisch auf.

„Ich bin doch nicht bei den Pfadfindern. Nein, es geht um was Richtiges, etwas Großes, etwas Wichtiges, es geht um uns, um unsere Zukunft."

„Unsere Zukunft? Was soll das denn heißen? Schau dich doch um. Hier liegt unsere Zukunft. Nach der Lehre vielleicht eine Wohnung hier im dritten Stock und dann ein Mädchen und dann Geld verdienen."

„Und reisen, viele Reisen."

„Und ein Auto. Ich will ein Auto haben."

„Aber erst mal den Führerschein machen."

„Aber der ist teuer!"

„Den mach ich in Polen. Da ist er billiger und so ein polnischer Lappen, der gilt auch hier. Polen ist ja in der EU."

„Sagt mein Onkel, und der muss es ja wissen. Der hat seinen Führerschein ja verloren."

„Er hat sich eben erwischen lassen, als er zu viel gebechert hatte."

„Und dann hat er in Polen den polnischen gemacht und bekommen. Und der war viel billiger als hier bei uns."

„Aber nun mal zu dir, Kurti, du hast was von Mut gesagt. Wobei sollten wir denn mutig sein?"

„Also das mit dem Klauen im Markt, das kann ich nicht mehr machen. Der Marktleiter hat mich schon auf dem Schirm, leider."

„Ach Detlev! Darum geht`s doch gar nicht. Nein, ich rede von was Echtem. Etwas für Leute mit Mumm und Verstand."

„Was denn, mit Verstand, und da kommst du zu uns?"

Alle lachten laut. Der Mopedfahrer zog eine flache Glasflasche aus seiner Lederjacke und reichte sie herum:

„Hier, trinkt mal was Richtiges. Später gehen wir noch zu Lothar, ich gebe einen aus."

„Du gibst einen aus? Kurti, du bist doch immer pleite."

„Ja, wenn ihr wüsstet. Jetzt hab ich schon richtig Kohle abgesahnt, und wenn ihr mitmacht, dann ist auch für euch eine Menge Kies drin."

Er holte ein Bündel Geldscheine aus der Tasche und wedelte damit vor den weit aufgerissenen Augen der anderen herum.

„Na, was glotzt ihr so. Damit habt ihr nicht gerechnet, oder? Also, wer von euch möchte was abhaben, wer möchte auch leicht verdientes Geld haben und damit gleichzeitig was für uns und unsere Stadt machen, hey?"

Alle standen auf und wollten fast gleichzeitig nach den Scheinen greifen, aber Kurt Schwansen steckte das Bündel rasch wieder in seine Innentasche und trat seine Zigarette aus.

„Also hört zu. Wenn ihr auch was haben wollt, dann müsst ihr einfach mitmachen."

„Also sag, Kurti, was müssen wir denn machen?"

„Nur ruhig, Achim, ich sag es euch. Schaut mal dort hin, was seht ihr da?"

Er zeigte auf die Straßenecke, an der Puschkinallee und Friedensstrasse zusammentrafen; seit der Wende war die Friedensstrasse in eine Fußgängerzone umgewandelt worden, an welcher viele Geschäfte und Lokalitäten lagen.

„Na ja, da fängt die Ladenzeile an.", sagte der Hellblonde.

„Sehr gut, Lutz, und was liegt da an der Ecke?"

„An der Ecke direkt ist doch die Pfannkuchenecke."

„Genau! Es geht um diesen Laden, oder besser um den Besitzer von dem Laden. Der soll mal eine richtige Abreibung bekommen."

„Eine Abreibung, also mit Auflauern und verprügeln und so?"

„Aber nein. Dieser Greiner, so heißt der nämlich, der muss so richtig leiden. Wir müssen den einfach richtig ärgern."

„Aber warum sollen wir diesen Pfannkuchenmann denn ärgern?"

„Weil er anders ist. Dieser Greiner ist eben einfach anders als wir."

„Wie anders? Ich habe den doch vorgestern noch gesehen, im Supermarkt am Postschalter. Da hat er Briefmarken gekauft."

„Siehst du. Er hat Briefmarken gekauft. Und was macht er damit, na? Er schreibt Briefe. Nun sag mal, wer schreibt denn heute noch Briefe! Wann hast du denn zuletzt einen Brief geschrieben?"

„Ich? Ich hab noch nie einen Brief geschrieben, ehrlich."

„Siehst du, wie anders der ist! Wenn du uns was sagen willst, dann machst du das per Email oder du simst einfach. Aber der, der schreibt Briefe! So einer ist das."

„Aber er sieht doch so aus wie alle anderen auch."

„Das ist ja gerade das Gemeine. Man kann es diesen Juden nicht ansehen, die haben sich so gut an uns angepasst, da merkt man zunächst gar nichts. Sie haben sich hier bei uns eingeschlichen und leben unter uns und dann auf einmal, da geht es denn los."

„Was geht los?"

„Na, das mit dem Jude sein. Da machen die dann so Sachen, und das wollen wir uns nicht länger gefallen lassen. Daher muss der weg!"

„Wir sollen ihn also richtig rausekeln?"

„Ja, das ist genau das, was wir machen. Wir ekeln ihn aus der Stadt. Er muss einfach weg. Weil er anders ist, weil er eine Bedrohung für uns ist. Und deshalb muss das jetzt sein. Also, macht ihr alle mit?"

Alle nickten und der blonde Lutz sagte laut:

„Wenn es uns allen hilft, dann werden wir uns so richtig ins Zeug legen."

Alle lachten, denn der Lutz war für seine Neigung zur Faulheit seit der Grundschule allen wohlbekannt.

Kurt Schwansen stieg wieder auf sein Moped, setzte sich den Helm mit dem schon etwas verblichenen Reichsadler auf und schaut die anderen an:

„Also. Hört gut zu. Wir machen es heute Abend um zehn, dann werfen wir dem Greiner die Scheiben ein und ich spraye ihm noch was Schönes an die Wand, und dann gehen wir alle zu Lothar und ich gebe einen aus. Lutz, du und Detlev, ihr besorgt schon mal ein paar richtige Steine, die sich gut werfen lassen."

„Können wir nicht mit Bierdosen werfen, da haben wir vorher schon einen guten Schluck und dann immer noch ein paar Wurfgeschosse."

„Nein, das geht nicht, weil so eine leere Dose viel zu leicht ist. Das müssen schon richtige Steine sein, am besten solche Pflastersteine."

„Ich weiß, in der Körnerstrasse, da wird gebaut, da liegt ein ganzer Haufen von diesen Steinen rum."

„Also gut, ihr holt die Steine, ich besorg schon mal die Spraydosen."

Und dann mit einem lauten Aufdröhnen des Motors fuhr Kurti weg.

Als am Donnerstagabend die letzten Gäste die Pfannkuchenecke verlassen hatten, schloss Wolfgang Greiner die Tür ab und löschte die großen Lichter über den Tischen. Seine Bedienung Mandy Prieur räumte das Geschirr ab und trug es nach hinten in die Küche zum Abwaschautomaten, den sie sorgsam befüllte. Wolfgang Greiner nahm sich das Kassenbuch vor, schaltete das Radio ein und trug die Tageseinnahmen ein, da klirrte es.

Das große rechte Fenster hatte ein Loch, ein würfel-förmiger Pflasterstein flog gegen die Theke. Erneut ein Klirren, der Rest der Scheibe brach unter einem weiteren Steinwurf zusammen, nur ein paar gezackte Glasreste ragten noch aus dem Fensterrahmen. Mandy kam aus der Küche gerannt, hielt sich die Hände vor den Mund und unterdrückte nur kurz einen Aufschrei. Tränen traten ihr in die Augen, sie stand wie versteinert im Durchgang. Wolfgang Greiner ließ den Kugelschreiber fallen und ging wie in Zeitlupe zur Eingangstür, da flog noch ein Stein durch das Fensterloch, schlidderte über eine Tischplatte, riss die Blumenvase dort mit sich und landete kollernd auf dem Boden. Greiner schloss die Tür auf und trat auf die Stufen, sah sich um, hörte ein keckerndes Lachen und eilende Schritte. Sehen konnte er keinen Menschen, die Straßenlaternen warfen zwar helle Lichtkegel, dazwischen aber lag tiefer Schatten. Er hörte nur ein Motorrad aufheulen, dann war alles wieder still. Mandy hatte sich wieder gefasst und war an die Seite des Ladenbesitzers getreten.

„Was war denn das?"

Greiner schluckte und räusperte sich.

„Vandalen! Das waren Vandalen. Oder ein paar Besoffene. Komm, wir rufen die Polizei."

Er ging zurück an die Theke und wählte die Nummer der Polizei.

Mandy ging in die Küche und holte Schaufel und Besen, sie wollte alle Scherben zusammenfegen, aber Greiner hielt sie zurück:

„Lass nur, Mandy, erst soll die Polizei alles aufnehmen, so wie es ist. Vielleicht müssen die auch noch Fotos machen."

So war es dann auch. Ein Polizeiwagen fuhr vor und die beiden Polizisten besahen sich den Schaden und einer fotografierte sorgfältig die Zerstörung. Der andere ging nach draußen und sah sich um, als er wieder hereinkam, sagte er:

„Haben Sie diese Schmierereien schon gesehen?"

Greiner und Mandy gingen hinaus, an die Wände des Lokals unter beiden Fenstern war je ein Hakenkreuz mit roter Farbe geschmiert.

„Es sieht so aus, als ob die Rechtsradikalen hier mal wieder zugeschlagen haben." sagte der Polizist. „Ich werde das auf jeden Fall an den Kommissar weitergeben, der kümmert sich gerade um solche politischen Untaten."

Nachdem sie alles aufgenommen hatten, sammelten die beiden Polizisten die Steine in einer Plastiktüte.

„Sie werden von uns im Labor untersucht, vielleicht haben wir ja Glück und es finden sich noch Spuren darauf."

Dann fuhr die Polizei wieder weg. Greiner rief seinen Versicherungsvertreter an, der versprach, gleich am Morgen zu kommen und den Schaden zu begutachten.

„Was werden Sie nun machen?" fragte Mandy, nachdem sie gemeinsam die Glassplitter weggeräumt hatten.

Wolfgang Greiner schaute sich um.

„Ich werde am Besten die Nacht über hierbleiben. Schlafen kann ich sowieso jetzt nicht mehr, und dann, falls noch jemand Durst haben sollte, und hier stehen ja die Schnapsflaschen in Reih und Glied, ich pass lieber auf. Du gehst brav nach Hause und morgen besorg ich Ersatz für die Scheibe. Wenn wir Glück haben, können wir schon morgen ein neues Fenster einsetzen lassen. Sonst müssen wir das Loch mit Brettern verschließen. Auf jeden Fall haben wir morgen geschlossen. Aber es wäre nett, wenn du schon am Vormittag herkommen könntest."

„Aber sicher. Ich muss doch sehen, wie alles weitergeht."

Es war schon weit nach Mitternacht, als Mandy Prieur endlich nach Hause radelte.

Wolfgang Greiner verbrachte den Rest der Nacht auf der Eckbank neben dem Fensterloch, er ließ das Radio spielen, und als gegen morgen die Nachtkühle größer wurde, zog er über seinen Mantel noch den abgewetzten Schaffellmantel, den ein Gast vor Jahren schon hier hatte hängen lassen.

Zum Frühstück am Freitagmorgen brachte Mandy ihrem Chef ein paar frische Brötchen, kochte hinten den Kaffee, beide setzten sich vor das nun offene Fenster. Der eifrige Versicherungsvertreter kam gegen zehn und begutachtete den Schaden und meinte nur, dass es keine Probleme gäbe, durch die Police sei der Schaden gedeckt und Greiner könne sofort den Glaser bestellen. Das tat Wolfgang Greiner auch, aber der Handwerker konnte erst am Nachmittag kommen. Dafür kam kurz vor Mittag ein älterer Mann im grauen warmen Mantel, der seinen Hut abnahm, sich vor Mandy verbeugte und Herrn Greiner die Hand gab:

„Schulz. Ich bin der Kommissar, der nun auch Ihren Fall betreut. Erich Schulz ist mein Name. Dann wollen wir mal sehen."

Er nahm den Schaden sorgfältig in Augenschein, insbesondere besah er sich die Hakenkreuze ganz genau, dann setzten sie sich wieder in das Lokal und der Kommissar stellte viele Fragen, ob sie viel von Neonazis oder Rechtsradikalen in der Gegend hier gehört hatten, ob es Aufmärsche gegeben habe, ob auch an anderen Lokalen in der Straße solche Schmierereien gefunden worden waren, ob jemand aus der Nachbarschaft vielleicht etwas gehört oder gesehen haben konnte.

„Nein, hier hat niemand etwas gehört. Und Sie sehen es ja selbst, vorwiegend Geschäfte hier in der Nachbarschaft, da wohnen kaum noch Leute. Und das mit den Hakenkreuzen, was soll das?" fragte Greiner.

Der Kommissar beruhigte ihn.

„Das kommt wohl nur durch das Fernsehen. Da gab es ja in den letzten Wochen immer wieder diese Neonaziaufmärsche, diese Prügeleien mit Ausländern, mit Flüchtlingen. Die Täter wollten wohl nur eine falsche Spur legen, oder es waren einfach nur Betrunkene, obwohl ich das nicht glaube. Dazu sind diese roten Schmierereien viel zu präzise ausgeführt. Das haben Leute mit klarem Blick gemacht, das wette ich!"

Kommissar Schulz hatte alle Informationen in seinem Notizbuch gesammelt, nahm dann seinen Hut und verabschiedete sich:

„Sie werden von uns hören. Ich melde mich spätestens in der nächsten Woche und sage Ihnen Bescheid, ob sich etwas getan hat. Und bitte kommen Sie beide so in zwei Tagen noch aufs Revier, damit Sie das Protokoll unterschreiben können. Vielen Dank, auf Wiedersehen."

Kommissar Schulz ging und Mandy und Herr Greiner setzten sich ans offene Fenster und tranken den kalt gewordenen Kaffee. Der Tag war sonnig, Altweiberfäden zogen durch die Luft, in der Fußgängerzone flanierten die Menschen schon in warmen Mänteln, denn es war seit ein paar Tagen recht kalt geworden, obwohl die Vorhersage für die Region Sonne und noch ein letztes warmes Wochenende angesagt hatte.

Detlev, Lutz und Achim saßen auf den Stufen zum Bahnhof und tranken Dosenbier. Sie sprachen über den gestrigen Abend. Nachdem sie die Pflastersteine geworfen hatten, waren sie schnell weggelaufen und hatten sich dann wie verabredet bei Lothar in dessen Kneipe getroffen. Zur Feier ihrer Taten hatte Kurti dann sie dann den ganzen Abend freigehalten. Außerdem hatte jeder von ihnen zwanzig Euro bekommen.

Sie merkten nicht, dass ein Gast, ein älterer Mann, in aller Ruhe sein Bier austrank und nach draußen ging. Er notierte sich dort die Nummer von Kurtis Moped und bog um die Ecke.

Am Montag Mittag erhielt Kommissar Schulz telefonisch die Adresse des Versicherungsnehmers von dem Moped, er nahm seinen Mitarbeiter Hans Kröger mit und sie fuhren zu der angegebenen Adresse. Dort stellte sich heraus, dass die Versicherung von Kurt Schwansens Großmutter bezahlt wurde. Die alte Frau saß mit ihrer Podagra im Lehnsessel vor laufendem Bildschirm und beteuerte immer wieder, was der Kurti doch für ein guter Junge sei und wie sehr ihn das Pech verfolge und „ dann, Herr Kommissar, die vom Arbeitsamt haben ja keine Stelle für ihn, und von dem bisschen Stütze kann so ein junger Mensch doch nicht leben! Da hab ich ihm das Moped gekauft, gebraucht natürlich, ich hab es ja auch nicht so dicke, mit meiner kleinen Rente. Aber jetzt ist er wenigstens beweglich und kann zu seinen Freunden fahren und dann, falls er eine Arbeitsstelle findet, dann kommt er wenigstens dahin mit seinem Fahrzeug."

Kommissar Schulz fuhr mit seinem Mitarbeiter wieder ab. Jetzt wussten sie Bescheid, nun mussten sie nur noch den Kurt auf frischer Tat erwischen.

Schulz stellte ein Observierungsteam zusammen, dann begann das große Warten. Aber allzu lange brauchten sie nicht in der Warteposition zu verharren, denn bereits am Mittwoch konnte Kröger dem Kommissar berichten, dass Kurt Schwansen im Supermarkt am Stadtrand einen ganzen Schwung Spraydosen gekauft habe und damit in das bekannte Lokal von Lothar Wuttke auf seinem Moped gefahren sei. Kommissar Schulz machte daraufhin einen Plan und er legte sich mit seinen Leuten auf die Lauer.

In Lothars Kneipe gab Kurti für seine Kumpel einen aus, verteilte die Farbdosen und erklärte:

„Heute machen wir es richtig groß, Leute. Ihr habt beim letzten Mal jeder zwanzig Euro bekommen, diesmal könnte es sogar noch mehr sein! Also, Montag nehmen wir wieder Steine mit und schlagen dem Greiner, dem Schwein, nicht nur die andere Scheibe ein, sondern gehen rein in den Saftladen und zerschlagen dort alle Gläser und Flaschen, die wir finden können. Und ich spraye ihm dann etwas besonderes Schönes auf die Theke. Weil wir dazu aber mehr Zeit brauchen als bisher, werden wir erst um Mitternacht losgehen."

Voll von Bier und klarem Korn waren sie erst weit nach Mitternacht nach Hause getaumelt. Jetzt am Nachmittag saßen sie mit noch leicht schmerzenden Köpfen hier an ihrem bevorzugten Treffpunkt und warten auf Kurti, denn der hatte gesagt, dass noch mehr Geld zu erwarten sei, wenn sie weiter mithelfen würden, den Greiner zu vergraulen.

Die Jugendlichen hörten das Moped schon von weitem, und dann kam Kurti, bremste mit lautem Aufdrehen des Gasgriffs und nahm dann seinen Helm ab, stellte das Moped auf die Stützen und nahm Achim die Bierdose aus der Hand.

„Wenigstens trinkt ihr was Vernünftiges, Leute. So, nun geht es in die zweite Runde."

Und er erzählte von den weiteren Plänen:

„Also, wir lassen uns erst mal nicht mehr dort an der Ecke sehen, und dann am Montag geht es weiter. Da rechnet dann bei den Bullen keiner mehr mit uns. Ich hab noch genug Spraydosen und jeder bekommt eine, das wird schon so richtig abgehen. Ihr werdet schon sehen."

Sie tranken ihre Dosen leer und Detlev ging los, ein paar neue kaufen. Geld hatten sie ja jetzt, und so konnten sie am Wochenende auch auf das Konzert gehen, nur Kurti nicht, der hielt von dieser Art Musik nichts; er lag mit seinen Kopfhörern unter dem Pflaumenbaum im Garten seiner Großmutter und hörte Metallica.

Am Montag kam mit dem Westwind eine dunkelgraue Wolkenwand, aus der es ununterbrochen regnete. Zwischen den meist schwarzen Schirmen sah man gelegentlich auch einen blauen oder roten. Am Nachmittag fuhr Kurti auf seinem Moped die Puschkinallee entlang und hielt an der Ecke kurz an, wischte sich die Tropfen von der Fahrerbrille und schaute zum Pfannkuchenlokal hinüber. Das Fenster zur Friedensstrasse war mit einer großen hellen Holzplatte verschlossen und an der Eingangstür hing ein Schild: Heute geschlossen. Zufrieden fuhr er weiter, zu den Kumpeln in Lothars Kneipe. Sie warteten bis zum Abend, bis die Straßen leerer wurden und das Tageslicht ganz verschwunden war. Dann kamen sie in ihren Anoraks und Basecaps wieder zurück, Detlev, Lutz, Achim und Kurti, diesmal über die Friedensstrasse, jeder der drei hatte neben einer Spraydose auch einen dicken Pflasterstein in der Tasche. Kurti schaute sich noch einmal um, als sie an der Holzplatte des innen dunklen Pfannkuchenlokals angekommen waren, dann sagte er „Jetzt los!" und sie sprühten erneut Hakenkreuze auf das frische Holz und auch die Wände, dann sprayte Kurti auf die Eingangstür „Juda verrecke". Er warf auch den ersten Stein in das große heile Fenster, dann folgten die anderen ihm nach, die Scheibe zerbrach. Mit dem Ellbogen stieß Kurti restliche spitze Scherben aus dem Rahmen, dann schwang er sich hinein in das Lokal. Die anderen folgten. Innen war es schummerig. Kurti fegte Gläser von der Theke und ging dann dahinter, mit beiden Händen warf er aus den Regalen Flaschen und Mixbecher auf den Boden. Lutz stürzte voll Elan Tische und Stühle um und Detlev schmetterte Aschenbecher und Blumenvasen gegen die Wand.

Plötzlich gingen überall die Oberlichter an, selbst aus dem gerade zerschlagenen Fenster kam ein schneidender Scheinwerferstrahl und durch ein Megaphon konnte man ein „Halt! Keiner rührt sich! Hier spricht die Polizei!" hören.

Erschrocken hielten die Eindringlinge inne. Durch die vordere Eingangstür und die hinten liegenden Küchenräume drangen uniformierte Polizisten und Kriminalbeamte in Zivil in das Lokal, packten die jugendlichen Einbrecher an Schultern und Armen und führten sie ab. Sie wurden mit den im Volksmund „Grüne Minna" genannten Wagen abtransportiert ins Präsidium. Dort kamen sie zunächst in getrennte Zellen. Später wurden sie dann einzeln in den Verhörraum geführt, in dem Kommissar Schulz und sein Mitarbeiter Kröger dann jeden sehr streng befragten und die Fotos der beschmierten Wände, der zerbrochenen Scheiben, der Verwüstung des Lokals präsentierten. Nach drei Stunden machten sie eine Pause und trafen sich mit einem Becher Kaffee im Konferenzraum.

„Wie sieht es aus?" fragte Staatsanwalt Behrens.

„Der Kurt Schwansen ist eine harte Nuss, der schweigt zu allem. Aber die anderen haben schon weitgehend ausgesagt. Aber den Schwansen, den knacken wir auch noch." meinte Hans Kröger.

„Für uns ist es nun ganz klar", sagte Kommissar Schulz, „diese Jungen sind angestiftet worden. Das sind keine Rechtsradikalen, ich denke, die wissen nicht einmal, was das ist. Sie sind ziemlich gut bezahlt worden für ihre Steinwürfe und Schmierereien. Die anderen haben das Geld von dem Kurt Schwansen erhalten, der ist sozusagen der Kopf dieser Bande, aber er selbst hat das Geld von einem Erwachsenen bekommen, der hat auch den Auftrag gegeben, die Wände mit solchen rechtsradikalen Parolen zu beschmieren und das Restaurant vom Greiner zu zerstören. Jetzt brauchen wir nur noch den Namen dieses Mannes. Dann können wir ihn festsetzen und nach dem Grund befragen. Leider wissen die anderen Jungen nicht, wer das ist, sie haben ihn aber gesehen. Und darauf setzte ich meine Hoffnung. Wir werden in den nächsten Tagen also von allen Männern, die in Lothars Kneipe hineingehen, ein Foto machen, und wenn der Mann darauf ist, dann schnappen wir ihn."

Staatsanwalt Behrens war mit diesem Plan einverstanden, und so geschah es dann. Schon am gleichen Abend legte sich Hans Kröger mit Kamera und Teleobjektiv auf die Lauer und machte von jedem Mann, der das Lokal betrat, mindestens ein Bild. Gingen dann bei Lothar die Lichter aus, fuhr Kröger sofort ins Labor und gab den Chip ab. Am nächsten Morgen hatte Kommissar Schulz dann die Bilder. Sie warteten ein paar Tage, dann hatten sie etwa an die hundert Fotos von Besuchern des Lokals und Kommissar Schulz bestellte Achim, Kurt und Detlev ins Präsidium ein. Den Jungen wurden die Bilder gezeigt und übereinstimmend zeigten diese auf einen Mann. Der Mann, gut gekleidet, war in einem Mercedes gekommen, anhand der Autonummer konnte Kröger dann auch den Namen des Halters feststellen: der Mann hieß Karl-Otto Rückert.

„Das passt ja." meinte Kommissar Schulz. „Der Rückert ist Bauunternehmer. Der ist vermutlich scharf auf das Haus vom Greiner. Ich könnte mir denken, dass er schon ein paar andere Objekte an der Puschkinallee gekauft hat und dann möchte er dort ganz groß etwas Neues bauen. Hans, geh mal ins Grundbuchamt und schau mal nach, ob der Rückert nicht schon ein paar andere Grundstücke erworben hat."

Hans Kröger kam am Nachmittag zurück und grinste breit:

„Sie hatten recht, Kommissar, aber der will nicht an der Puschkinallee bauen, sondern an der Friedenstrasse. Da hat er schon vier Häuser gekauft und bei einem hat er sich noch das Vorkaufsrecht gesichert."

„Na also. Dann haben wir es ja. Und all dies Nazigeschmiere war nur als Druckmittel gedacht."

Für den nächsten Tag bestellte Kommissar Schulz dann Herrn Greiner ein und breitete ihm die neuen Erkenntnisse aus und fragte ihn, ob er denn unter Umständen sein Haus verkaufen würde. Greiner schaute lange aus dem Fenster, wandte sich dann um und sagte:

„Wissen Sie, Herr Kommissar, solch eine Gemeinheit, das hab ich dem Rückert nicht zugetraut. Ich weiß ja, dass der zuweilen unsaubere Methoden angewandt hat, er hat ja nicht nur einmal alte Mieter aus den Häusern rausgeekelt, dann wurde abgerissen und neu gebaut, alles natürlich dann viel teurer. Und jetzt soll ich aus meinem Haus raus, weil ich Jude bin. Ich bin gar kein Jude, ich habe sogar noch den sogenannten Ahnenpass, den damals im dritten Reich die Familie anschaffen musste, da ist alles ganz genau aufgelistet, wo meine Vorfahren herkommen. Alle aus Deutschland, ich bin nach arischer Ansicht sozusagen reinrassig. Und jetzt will der Rückert hier ein riesiges Areal neu bebauen, alles Alte muss abgerissen werden. Nein, das kann und werde ich nicht zulassen!"

„Dann denke ich, dass Sie Anzeige stellen wollen gegen den Rückert."

„Aber sofort! Ich werde ihn verklagen, nicht nur wegen Geschäftsschädigung, auch wegen Beleidigung und Anstiftung und und und.."

„Nun beruhigen Sie sich mal, Herr Greiner. Überlassen Sie die Formulierung der Anzeige lieber Ihrem Anwalt. Juristen haben da mitunter so ihre ganz eigenen Formulierungen und Gedanken, und wenn Ihr Anwalt schlau ist, dann muss sich der Rückert warm anziehen."

„Das soll er nur. Ich werde mit all meinem Zorn auf ihn losgehen. Nur die Jungen tun mir leid, die sind da so reingeschliddert, wohl mehr aus Jux und Dollerei, oder aber aus Langeweile. Man sollte mehr für die Jugend machen in unserer Stadt."

„Das wollte ich nur wissen. Vielen Dank Herr Greiner."

Kommissar Schulz brachte Herrn Greiner zur Tür und ließ dann Karl-Otto Rückert rufen, der im Wartezimmer neben einem Wachtmeister unruhig auf seinem Stuhl gesessen hatte. Als Hans Kröger an der Tür von Kommissar Schulz vorbeiging, hörte er Rückerts lautes Gebrüll. Dann stapfe dieser wütend aus dem Raum und schlug die Türen. Krüger meinte später zu Kommissar Schulz, dass bei Rückerts Abfahrt sogar der Motor aufgebracht geklungen habe.

TOMATEN

„Was möchtet ihr denn heute essen?"

Zwei helle Jungenstimmen antworteten laut und eindeutig:

„Tomatenpampe mit Nudelpampe!"

„Was frag ich auch. Immer dasselbe."

Charlotte wandte sich vom offenen Gartenfenster ab und ging zum Herd. Sie setzte das Wasser für die Nudeln auf; früher hatte sie stets nach alter Tradition Spagetti gekocht, aber die beiden Jungen hatten so derart mit den langen Nudeln herumgespielt, man konnte auch sagen gesaut, nicht nur ihre Münder waren rot bis zu den Ohren, auch die Haare hatten ihren Teil von der Tomatensoße abbekommen, vom Tischtuch ganz zu schweigen. Also hatte Charlotte aufgehört, Spagetti zu kochen, statt dessen nahm sie die gedrehten Fusili oder die bunten Kindernudeln, die mochten die Jungen besonders gern.

Sie hatte schon immer gern gekocht. Auch als sie noch allein war in ihrem ersten Zimmer, Wohnklo mit Kochnische, so hatte sie es bei ihren Freundinnen genannt, da hatte sie zumindest am Wochenende immer für sich etwas gekocht. Das Kochen hatte sie bei der Großmutter gelernt und sich auch bei ihrer Mutter so einiges abgeschaut. Aber seit der Hochzeit waren ihre Ansprüche gewachsen, sie hatte zur Vermählung ja auch ein dickes Kochbuch geschenkt bekommen von der Oma, und so probierte sie immer mal wieder etwas Neues aus. Zum Glück war der Heinz ganz unproblematisch, zumindest was das Essen anging. Er aß, was auf den Tisch kam, aber er sagte auch deutlich, wenn ihm etwas nicht schmeckte. Ein solches Gericht wurde dann aus dem Haushalt für immer verbannt. Sie erinnerte sich noch gut, wie sie einmal Muscheln gekocht hatte. Auf dem Wochenmarkt hatte sie die Miesmuscheln gesehen und gleich gekauft, das erinnerte sie an früher, als ihr Vater noch gelebt hatte, der hatte so gern Muscheln in Weißwein gegessen. Sie hatte sich genau an das Rezept gehalten, aber irgendetwas war nicht ganz so gelungen. Heinz grinste und fragte, ob sie die Druckfehler auch mitgekocht habe, jedenfalls waren die Muscheln ungenießbar gewesen, schmeckten völlig vergammelt und rochen wie Seife. Charlotte hatte sich nie wieder an Muscheln versucht, sie war auf Fische ausgewichen, die konnte sie bald besser braten als ihre Oma. Am allerbesten, so sagte es zumindest Heinz, am allerbesten aber war ihr Steckrübenmus mit Rindsschulter. Das kochte sie immer beim Übergang vom Herbst zum Winter, wenn die Zeit umgestellt wurde. Aber bis dahin lagen noch einige Monate vor ihnen, auch die Ferien kamen erst in ein paar Wochen.

Charlotte nahm den kleineren Topf für die Tomatensauce. Stückige Tomaten aus der Packung, sie gab dann etwas Ketchup, Hackfleisch und ein paar Gewürze dazu, kurz aufkochen und schon war die Tomatenpampe fertig. Charlotte wusste natürlich, dass alle Kinder Nudeln mit Tomatensoße mögen, sie hatte das mit ihren Schwestern erlebt und durchgesprochen, auch deren Kinder wollten immer noch mehr von den roten Früchten haben, obwohl im Hinterkopf diese Stimme sagte, dass diese Nachtschattengewächse für Heranwachsende nicht unbedingt das Beste seien. Aber Charlotte selber aß auch gern Tomaten. Wie alle in der Familie, sie hatte sogar an der Hauswand wie in jedem Jahr ein paar Töpfe mit Tomatenpflanzen direkt an die sonnigste Stelle platziert, und bisher wuchsen diese recht schnell. Charlotte begoss sie auch immer wieder regelmäßig und achtete darauf, dass die beiden Jungen bei ihren oft wilden Ballspielen nicht zu nahe an die Pflanzen kamen.

Sie strich sich eine Haarsträhne aus der Stirn und rührte im Tomatentopf kurz um, stellte die Hitze kleiner und schüttete dann die Nudeln in das sprudelnde Wasser. Sie deckte in der Küche den Tisch mit dem schon etwas abgestoßenen Geschirr, das sie noch aus ihrer allerersten Wohnung hatte; damals war sie zum ersten Male weit weg von Eltern und Heimat nach Süddeutschland gezogen, dort hatte sie ihre Ausbildung begonnen und auch mit Auszeichnung beendet, war dann übernommen worden und hatte unter der Sonne inmitten der Weinberge bei einem Winzerfest dann den Mann ihres Lebens gefunden. Heinz war Ingenieur. Sie hatten sich in der warmen Nacht noch auf einer der Streuwiesen unter einem Pflaumenbaum geliebt; es war für sie das erste Mal gewesen, die Süße der Verliebtheit hatte auch den körperlichen Schmerz überspielt und am nächsten Morgen waren sie Hand in Hand zum Fluss gewandert und bei einem der Weinbauern dort genossen sie das Frühstück mit Speckpfannkuchen.

Sie waren zusammengeblieben, zusammengewachsen, hatten viel miteinander geredet und endlich, nach dem obligatorischen Besuch der jeweiligen Eltern, wurde dann der Hochzeitstermin festgesetzt.

Es traf sich gut, dass mit dem Heiratstermin auch ein neues Stellenangebot für Heinz gekommen war, zwar aus dem Norden, wo Charlottes Eltern lebten, aber mit derart guten Bedingungen, dass sie schnell und gern, zumindest Charlotte, die Koffer und Kisten packten und sich einen neuen Wohnort suchten. Dann wurde Charlotte schwanger, der erste Junge kam und ein Jahr später der Zweite. Damit wollten sie es aber genug sein lassen, auch wenn sie sich jetzt hier ganz zuhause fühlten und auch für Heinz die Gegend Heimat geworden war. Durch einen glücklichen Zufall bekamen sie ein Haus angeboten, ein älteres Steinhaus mit einem großen Garten, den zu bearbeiten Charlotte sich dann angeboten hatte, sie willigten in das Geschäft ein und kauften das Grundstück. Zwar gehörte alles noch der Bank, wie Heinz im Scherz den Eltern gegenüber immer wieder betonte, aber nun wohnten und lebten sie hier froh und zufrieden.

Heinz ging gern zu seiner neuen Tätigkeit und begann den Aufstieg in der Firma langsam aber stetig, er war fleißig und zuverlässig, und Charlotte zog ihre Jungen auf und kümmerte sich um Haus und Garten. Sie hatten beschlossen, dass Charlotte erst dann wieder in ihren Beruf gehen sollte, wenn die Jungen etwa in der Pubertät wären. Oder besser noch, aus der Pubertät heraus, denn dann würden sie sicherlich nicht mehr solche quirligen Ideen haben oder derartigen Unsinn machen, wie es überall bei den Jugendlichen zu sehen und zu hören war, dann wären sie schon vernünftigen Einwänden zugänglich und die Erziehung wäre dann auch schon weitgehend gelaufen. Und zu Hause, Heinz sollte mehr den strengen Vertreter von Normen und Spielregeln verkörpern, Charlotte sollte in die gleiche Richtung lenken, aber sanfter und geduldiger mit den Kindern sein. So lebten sie in fröhlicher Gemeinschaft im eigenen Haus, bauten im Laufe der Jahre einen guten und stabilen Freundeskreis auf und fuhren im Sommer, wenn das Werk Ferien machte, mal in die Berge, häufig zu Ferien auf dem Bauernhof, wo sie an einem See wandern konnten, in den Bergen kraxeln und die Kinder auch lernten, wie sieht eine Kuh aus, woher kommt unsere Milch, wie wachsen Getreide und Mais. Ein paar Mal im Jahr fuhren sie zu den Eltern; mit ihren Enkeln gingen diese sehr nachsichtig um; und wenn Heinz etwas sagte, weil er meinte, dass er in dem Alter dies oder jenes noch nicht gedurft hatte, oder Charlottes Mutter ihr zu gutmütig erschien, dann hieß es immer, dass mit den eigenen Kindern eine strenge Hand nötig gewesen war, denn nun könne man ja sehen, wie sinnvoll eine solche Erziehung gewesen sei, denn ihre eigenen Kinder, also jetzt die Enkel, die seien ja ganz hervorragend gediehen, und das käme eben nur daher, weil die Eltern, also Charlotte und Heinz, eine so gute aber strenge Behandlung bekommen hatten. Dann lachten die Eltern fröhlich und Heinz und Charlotte blieb nichts anderes übrig, als ebenfalls in das Lachen einzustimmen.

Charlotte schaute auf die Uhr. Nun war es Zeit. Sie goss das Wasser ab und füllte die Nudeln in die Schüssel, goss die Tomatensauce darüber und stellte alles auf den Tisch. Dann rief sie durch das offene Gartenfenster die beiden Jungen. Diese kamen schnell wie der Wind hereingesaust und auf Geheiß der Mutter wuschen sie sich dann die Hände, aber nur kurz, denn sie hatten ja nicht in der Erde gewühlt, setzen sich an den Tisch und ihre erhitzten Gesichter strahlten beim Anblick der geliebten Nudelpampe mit Tomatenpampe.

SCHAUMKÜSSE

Das Klingeln der Schulglocke war kaum vorüber, da stürmten sie schon aus der alten ehrwürdigen Lehranstalt hinaus in die Stadt. Die Jungen und Mädchen der siebten Klasse hatten eine Freistunde, die Französischlehrerin war krank geworden.

Ulla, Jasmin und Linda liefen unter Kichern und lautem Lachen schnell hinauf zum Markt, wo der Frühjahrsrummel seine bunten Buden und Fahrgeschäfte aufgebaut hatte. Die Schulranzen und –taschen hatten sie im Klassenraum zurückgelassen, unterwegs schauten sie ständig auf die Displays ihrer Handys, nicht dass sie von irgendwem eine Botschaft erwarteten, aber es wäre ja zu schlimm gewesen, wenn sie eine neue Nachricht übersehen sollten. Sie schlenderten durch die breiten Gassen zwischen den bunten Geschäften des Jahrmarkts, jede machte mit ihrem Handy Bilder von sich und den anderen, Ulla hielt kurz am Stand der Glasbläser und fotografierte die kleinen Tierfiguren aus buntem Glas, sie suchte noch nach einem Geschenk für die Tante. Jasmin kaufte für alle Karten fürs Kettenkarussell; sie drehten sich immer in der Runde, erst langsam, dann immer schneller, immer höher, sie flogen nur so durch den hellen Frühlingshimmel und Linda war doch ganz schön schwummerig. Was sie aber nicht davon abhielt, genau wie ihre Freundinnen ständig Bilder zu machen.

„Das sind Schwindelselfies!" rief sie laut und hoffte, dass die anderen sie auch hören konnten, denn alle Jugendlichen im Kettenkarussell kreischten und juchzten ziemlich laut. Die beiden anderen Mädchen riefen auch irgend etwas.

Ulla versuchte immer wieder, Lindas Hand zu fassen.

Eigentlich hieß sie Rosalinde, aber sie konnte diesen Namen einfach nicht hören.

„Meine Eltern waren wohl so voll rosenroter Romantik, und besonders mein Vater, der war in diese Rosalinde Russell total verknallt gewesen. Die haben diesen blöden Namen tatsächlich aus dem Fernsehen von so einer doofen Schauspielerin, aus Amerika, wo sonst können solche schrecklichen Namen herkommen! Und ich muss jetzt mein Leben lang damit herumlaufen!"

Also hatte sie beschlossen, wenn sie erst volljährig war, dann würde sie sich umbenennen. Vielleicht in Desiree oder Rachel.

Inzwischen ließ sie sich von allen nur noch Linda nennen, und fast alle hatten das akzeptiert. Nur ihr Vater, wenn er sich über sie geärgert hatte, nannte sie so; und das kam gelegentlich vor, denn in Mathematik oder Physik war Linda nicht besonders gut in der Schule, und wenn sie also mit einem „Ungenügend" nach Hause kam, dann nannte er sie Rosalinde und hielt ihr eine Strafpredigt. Doch am nächsten Tag hatte sie die väterlichen Worte bereits vergessen, denn es gab ja auch Wichtigeres.

Zum Beispiel: wann der neue Dorfarzt in ihrer Lieblingsserie endlich dem ach so lang wartenden Blumenmädchen einen Antrag machen würde. Sie schaute jeden Mittwoch am Nachmittag diese Sendung an, sie saßen dann bei Ulla in deren Wohnzimmer, denn Ullas Eltern waren zu der Zeit noch berufstätig und deshalb nicht zu Hause und außerdem hatte Ullas Vater den ultimativen Fernseher mit dem supergroßen Bildschirm der Familie letzten Weihnachten geschenkt. Dann saßen sie auf der Couch, Ullas Mutter sagte „Wohnlandschaft" dazu, wie Ulla nie mit einem breiten Grinsen zu erwähnen vergaß, und sie naschten dann Bonbons, Schokolade oder auch mal eine Orange, hielten die Taschentücher bereit und litten mit, wenn ihre Hauptheldin auf dem Bildschirm wieder einmal von der Chefin gedemütigt wurde oder an Liebeskummer litt. Sie hatten alle geschworen, dass sie erst nach der Schulzeit mit Jungen etwas anfangen würden, denn derart zu leiden und dann auch noch ordentliche Zensuren nach Hause zu bringen, das trauten sie sich alle nicht zu.

Erst die Schule und dann hinein ins Leben, so hatte Jasmin es vorgegeben, und daran wollten sie sich halten, ganz gewiss. Und bisher war es auch gut gegangen, selbst in der Tanzstunde hatten sie bis jetzt vermieden, wie sie es bei anderen zuweilen sehen konnten, sich von den Jungen plump begrapschen oder gar küssen zu lassen.

„Die sind auch wirklich noch zu tollpatschig!", meinte Jasmin, „wenn ich schon ihre Pickelgesichter sehe, wird mir ganz anders."

Dass sie dann den anderen Freundinnen ihre aufgeschnappten Geheimnisse über Cremes und Salben gegen Pickel und für eine weiche Haut erzählte:

„Du wirst sehen, wie ein Pfirsich, ich hab das aus der Werbung von Biggi, der taffen Influenzerin, die nimmt das auch immer, und dann hab ich davon auch gelesen in der Illu beim Frisör."

Das war ja etwas ganz anders. Nun ja.

Jetzt genossen die Mädchen die Fahrt im Kettenkarussell, die viel zu früh endete, dann schlenderten die

Vierzehnjährigen wieder durch die Budengassen und nahmen all die Gerüche und Düfte auf, die vom türkischen Honig, den Gewürzgurken, den Bratwürste und Fischbrötchenständen ausgingen und sich überall in dem Menschengewimmel verbreiteten. Dazu das Gedränge und Geschiebe, das auf und abschwellende Stimmengewirr, die bunten Lichter, die lochenden Rufe der Fahrgeschäfte, von denen jeweils eine andere Musik die Passanten beschallte.

An einer Losbude blieben sie stehen und jede zog drei Lose. Jasmin hatte nur Nieten, Ulla freute sich über ihren Kleingewinn, eine bunte Kosmetiktasche, und Linda bekam eine große Schachtel Schaumküsse.

Sie trugen ihre Schätze an den Rand des Jahrmarktes und setzen sich auf die Bordkante auf das Gitter der Fahrradständer.

Linda öffnete die Schachtel und reichte sie herum.

„Früher haben wir immer Negerküsse gesagt, aber nun ist das verboten."

„Weil man ja nicht mehr Neger sagen soll. Das sind jetzt Farbige."

„Aber die sind doch schwarz, egal, was man sagt."

„Das stimmt schon, aber diese Politiker meinen, dass es eben nicht nett ist, wenn man Neger sagt statt Farbiger."

„Nun, dann könnte ein Chinese ja auch ein Farbiger sein."

„Oder nennst du den einen Gelben?"

„Oder den Indianer einen Roten?"

„Das sind jetzt alles Farbige. Egal ob rot, schwarz oder gelb."

„Und wir Weißen?"

„Wir sind für die wahrscheinlich sowas wie Engerlinge."

Die Mädchen bogen sich vor Lachen und bissen vergnügt in ihre Schaumküsse. Da klingelte Lindas Handy.

„Ach herrjeh. Was mach ich nun?!"

Mit der freien Hand zog sie ihr Handy aus der Hosentasche und schaut aufs Display.

„Mist! Jetzt ist sie schon weg, die neue Nachricht. Er hat aufgelegt. Aber wartet."

Wie gewohnt wischte sie mit der anderen Hand über das Gerät. Die Finger dieser Hand aber waren verklebt voller Schokolade und baksigem weißen Schaumstoff. Sie versuchte, das abzuwischen und abzulecken, aber es klebte doch ziemlich stark an der Haut. Schließlich schaffte sie es doch, das Display war wieder sichtbar. Linda öffnete die Nachricht, diese war von ihrer Mutter, sie solle gleich bei Schulschluss nach Hause kommen, sie würden dann zur Oma fahren.

Da glitschte das mobile Telefon ihr aus der Hand. Jasmin hob es auf, aber sie hatte auch beklebte Finger, schon konnte Linda kaum noch das Display erkennen, sie wischte und rieb, leckte auch mit der Zunge auf dem glatten Glas; nun waren Fette, Spucke, Schokoladenreste und Eiweißstärke allüberall auf dem Handy schön gleichmäßig verteilt. Und dann kam auch noch das Signal vom Akku, dass er leer war und wieder neu aufgeladen werden wollte.

„Hat einer von euch ein Tempo?"

Aber nein, keines der Mädchen hatte solch ein Papiertaschentuch dabei. Ulla ging kurzentschlossen zum nächsten Obststand und bat einen Verkäufer um ein Papiertaschentuch.

„Aber klar, Mädel, wenn du mir dafür einen langen Kuss geben magst!" lachte der sie an.

„Das mach ich lieber, wenn ich Weihnachten vorbei ist." erwiderte Ulla und nahm das Taschentuch mit einem breiten Lächeln; so ein Lächeln hatte sie oft schon vor dem Spiegel geübt. Es sollte dem andern, vor allem einem Mann, deutlich machen, dass sie sich freute, aber nicht zu sehr. Zwar hatte ihr Bruder gesagt, sie sähe dann noch viel dämlicher aus, mit so einem Grinsen wie ein Debiler, aber es hatte schon einige Male gut funktioniert, bei dem lustigen Wurstverkäufer, der sie am Samstag so angehimmelt hatte, als sie mit der Mutter auf dem Wochenmarkt eingekauft hatte, oder auch beim Schreibwarenhändler. Obwohl, das musste sie sich leider eingestehen, dieser junge Mann hinter der Theke, wenn der ihre Hefte und Stifte eintütete und die Rechnung in die Kasse eintippte, der sah schon gut aus, und wie der sich bewegte, man könnte fast meinen, dass er hinter dem Ladentisch tanzte. Aber natürlich kam so einer nicht in Frage. Nicht für Ulla. Der hatte höchstens die Mittlere Reife und sie wollte schließlich das Abitur machen und dann studieren. Aber immerhin, ihr Lächeln schien auf diesen jungen Mann doch einen gewissen Eindruck gemacht zu haben. Denn beim letzten Mal hatte er ihr viel zu wenig berechnet, er hatte die Tintenpatronen für ihren Füller übersehen. Oder übersehen wollen.

Die drei Mädchen wischten mit dem Papiertuch ihre Finger sauber, so gut es eben ging, dann schaute Jasmin auf ihre Armbanduhr und scheuchte sie zurück in die Schule. Den ganzen Rückweg jammerte Lina, weil ihr Handy nicht mehr funktionierte, und aufladen konnte sie es erst zu Hause, denn dort hatte sie das Kabel in ihrem Zimmer.

Im Schulgebäude wuschen sie erst einmal ihre Hände in der Mädchentoilette, ehe sie dann mit artigem Schritt in die Klasse gingen, um den wohlgesetzten Worten des Herrn Assessor Doktor Hübner in Deutsch über Hölderlin zu lauschen.

ZWETSCHGENKUCHEN

Befriedigt schaute Herr Berthold auf das Thermometer, zweiundzwanzig Grad. Stolz verkündete er es seiner Frau Helene und dann holte er die Gartenstühle aus dem Schuppen und verteilte sie um den grüngestrichenen Tisch. Helene verteilte aus dem Schuppen dann die bunten Sitzkissen.

„Du machst es unsren Gästen aber auch zu gemütlich. Oder denkst du dabei vielleicht nur an Frau Seegers Bürokirschen?"

„Aber Hans! Du kannst doch nicht über anderer Leute Krankheiten reden!"

„Wieso denn nicht? In unserem Alter hat doch fast jeder seine Hämorrhoiden, oder nicht? Die Zeitschriften, die du immer liest, sind doch voll von Reklamen gegen diese Art von Krankheit, oder etwa nicht?!"

Seine Frau ging ins Haus und kam aus der Küche mit Tassen und Tellern zurück und stellte diese mit einem lauten Klirren auf dem Tisch ab.

Der Beobachter setzte sich zurecht. Er genoss den ehelichen Disput und überlegte bei sich, wer letztlich denn wohl der Sieger werden könnte. Bisher war die Bilanz ausgeglichen, mal hatte Helene das letzte Wort gehabt und war mit erhobenem Haupt gegangen, mal hatte Herr Berthold mit stolzgeschwellter Brust den Kampfplatz verlassen. Dem Beobachter war es gleichgültig. Seine Stunde würde kommen, schon bald, da war er sicher. Er hatte nicht umsonst die Bertholds in den letzten Tagen beobachtet, er wusste, was in Kürze geschehen würde.

Und richtig, während Herr Berthold die große Thermoskanne und das kleine Silbertablett, auf dem Zuckerdose und Sahnekännchen standen, auf dem Tisch absetzte, knarrte das Eingangstor; dann schnelle, kurze Schritte, ein erfreuliches Geschrei, ein Gejuchze, ein Gewinke, die Gäste, die Seegers und Burchards, waren angekommen. Man begrüßte sich freundlich, umarmte sich kurz und die Frauen bewunderten gegenseitig ihre Sommerkleider:

„Nein, dass du dich traust, diese Farbe zu tragen. Mir würde so etwas ja nie stehen, ich könnte ein solches Kleid niemals anziehen."

Was im Klartext bedeutete, dass Frau Seeger Helenes Sommerkleid nicht leiden konnte. Unterdessen standen die Männer herum und redeten über das Wetter, Fußball und die Zeitläufte, bis Herr Berthold ins Haus ging und mit kleinen Gläsern und einer brauen Flasche zurückkam, jedem der Männer ein Glas einschenkte und alle die Gläser erhoben, sich zuprosteten und gemeinsam tranken.

Der Beobachter fand es ungemein erheiternd, wie alle Männer zugleich den Kopf in den Nacken warfen und den braunen Glasinhalt hinunter spülten. Es kam dann das gemeinsame breite Grinsen, Herr Burchard leckte sich sogar die Lippen und daraufhin, als hätte er nur darauf gewartet, goss Herr Berthold jedem nach. Als sie auch das zweite Glas geleert hatten, setzten sich alle an den Tisch und Frau Helene kam aus der Küche mit einem großen Tablett voll duftendem Zwetschgenkuchen.

Dem Beobachter lief bei dem Duft das Wasser nicht nur im Mund zusammen, als Herr Berthold auch noch die große Schüssel Schlagsahne auf den Tisch stellte und guten Appetit wünschte, da gab es für den Beobachter kein Halten mehr, nun musste er zurück und den Hauptmann benachrichtigen, also flugs mit allen Kräften über Hecken und Büsche hin zu der abgestorbenen Weide. Dort machte er dem Hauptmann Meldung; dieser rief sogleich seine Feldwebel und gab ihnen seine Befehle, dann machte sich die gesamte Kompanie auf den Weg in den Garten der Bertholds.

Dort aßen und tranken alle mit großem Vergnügen. Selbst Frau Burchard lobte die gesüßte geschlagene Sahne und nahm noch einen Extralöffel für ihr Stück Zwetschgenkuchen. Die Bertholds und ihre Gäste hatten kaum das erste Stück vom Kuchen halb verzehrt, da kam um die Hausecke in Keilform ein ganzer Wespenschwarm angeflogen, umsummte Tisch und Menschen und Kaffeetassen und stürzte sich auf Sahne und Kuchen.

Die Frauen kreischten, die Männer schlugen wie wild um sich und sprangen von den Stühlen hoch, wirbelten mit den Armen und versuchten mit allen Kräften, die Tiere zu verscheuchen.

„Lasst das doch, ihr macht sie ja nur noch wilder!"

„Das ist ja ein richtiger Überfall!"

„Und so viele. Meine Güte, das müssen ja Hunderte sein."

„Wo kommen die denn nur so plötzlich her?"

„Na, sie werden den Kuchen gerochen haben, oder meinst du, dass sie jemand von uns angerufen hat?"

„Oh. Aua! Jetzt hat mich doch so ein Biest gestochen. Hier am Arm."

„Komm mit, ich mach schnell Seife drauf, komm mit in die Küche."

Helene führte Frau Seeger ins Haus, die anderen zogen sich bis zur Hausecke zurück; nur Herr Berthold lief zum Schuppen und zog den roten Wasserschlauch aus der Halterung und drehte den Wasserhahn voll auf. Der dicke Strahl erreichte den Tisch und wischte Wespen, Kuchen und Geschirr von der grünen Tischplatte einfach herunter. Herr Berthold spritzte die gesamte Kaffeetafel ab, stellte dann die Düse des Schlauches auf Feinsprühen und wedelte mit einem starken Wassernebel die gesamte Umgebung ab. Der Wespenhauptmann gab das Zeichen zum Rückzug, und die Tiere zogen sich durchnässt zurück.

Nur der Beobachter hatte unter dem Tisch eine trockene Stelle gefunden und sich mit einem großen Kuchenkrümel dorthin verzogen. Herr Berthold stellte das Wasser ab, die Gäste kamen hinter der Hausecke hervor und Helene zog erst ein böses Gesicht, als sie das zerbrochene Geschirr am Boden erblickte, führte aber die Gäste ins Wohnzimmer und deckte dann dort das gute Porzellan auf. Zwetschgenkuchen hatte sie ja noch genug in der Küche.

EINE PILZPFANNE

Walter Naumann zog den Cordhut tiefer ins Gesicht, der leise Nieselregen störte ihn nicht weiter. Im Gegenteil, er war froh darüber, endlich ein schöner langanhaltender Landregen, sanft und dauerhaft. Das konnten alle Pflanzen gut gebrauchen. Als er gen Mittag aus dem Fenster geschaut und die Pfützen auf dem Hof gesehen hatte, freute er sich. Danach war wieder zu den ungeliebten Aktenordnern und Bankauszügen zurückgekehrt, aber es nutzte ja nichts, Ordnung muss sein, und der Steuerberater kam übermorgen. Also setzte sich Walter an die Bücher, ordnete und schrieb, sortierte und hoffte, dass in diesem Jahr die Bilanz seines Hofes deutlich besser sein würde als im Jahr davor. Nun, man würde ja sehen.

Am Nachmittag, als der Regen dünner wurde, da setzte er seinen alten Hut auf, zog sie Regenjacke an und nahm den geflochtenen Korb. Es war Pilzsaison. Und bei den Wetterverhältnissen der letzten sechs Wochen sollten wohl etliche Pilze aufgeschossen sein. Er wusste sein Messer in der Hosentasche, die Stiefel waren auch wasserdicht, er steckte noch den Schlüssel für die Jagdhütte ein und ging dann los. Erst hinunter bis zu den drei Eichen, dann langsam quer durch die Schonung in den richtigen Wald, und da sah er sie auch schon: eine Gruppe Pfifferlinge. Er nahm das Messer und schnitt sie ab. Diese Stelle musste er sich merken. Weiter ging es, durch Farne und Gebüsch, hier ein paar Champignons, dort zwei, drei Steinpilze, gut im Wuchs, Dann wieder eine Krause Glucke; und endlich an seiner Lieblingsstelle, die er bisher noch keinem verraten hatte, eine ganze Ansammlung der herrlichsten Steinpilze.

Der Korb war gut gefüllt, als er wieder auf den ausgefahrenen Sandweg zurückkam und dann in Richtung Jagdhütte schritt. Da, ein Motorengeräusch, dann Lichter, endlich auch kam das Auto in Sicht. Es war Uwe mit seinem Lada, er war von den Fischteichen gekommen und hatte den Tieren Futter gebracht.

„Na, alles klar soweit?" fragte Walter.

„Muss ja, und du hast wohl wieder reiche Beute gemacht, oder?"

Walter hielt den Korb hoch und grinste.

„Hier. Man muss eben wissen, wo man zu suchen hat. Ich gehe jetzt zur Jagdhütte, wenn du Lust hast, ich mache uns dann eine richtige Pilzpfanne."

„Das wäre fein. Ich hab auch schon richtig Hunger auf so was. Soll ich noch etwas mitbringen, ich meine, außer dem Bier vielleicht?"

„Na gut, vielleicht ein paar Zwiebeln. Salz ist ja da und Pfeffer auch, noch ein paar Scheiben Brot, wenn es eben passt."

„Ist schon klar, dann bis gleich."

Uwe warf noch einen Blick auf den vollen Pilzkorb und fuhr dann los. An der Jagdhütte angekommen schloss Walter sie auf und zog die große Pfanne unter dem Herd hervor, stellte sie auf das Drahtgestell über dem gemauerten Ring, in den er Holzkohle schüttete. Dann ein paar Spritzer Spiritus auf die Kohle und er entzündete das Feuer. Unter dem Verandadach vor der Tür war es trocken, das Feuer wärmte, die geglätteten Holzstämme rings um die Kochstelle waren recht bequem. Walter setzte sich und nahm sein Messer und ein trockenes Handtuch und machte die Pilze zurecht. Bald schon hörte er Uwes Wagen wieder, der hielt dann neben der kleinen Hütte. Uwe hatte einen Kasten Bier mitgebracht, den er neben der Feuerstelle ablud und außerdem noch seine kleine Schwester Christa. Diese war mit Anorak, Jeans und Turnschuhen für einen kurzen Ausflug in die Jagdhütte genau richtig angezogen, sie schüttelte ihre blonden langen Haare und fiel zur Begrüßung Walter freudig um den Hals:

„Dass ich dich auch zu sehen bekomme, du alter Waldschrat!"

Dann drückte sie ihm einen dicken Kuss auf die Backe.

„Also hör mal, du fünfzehnjährige Göre, seit du auf dem Internat bist, redest du viel ungezogener mit mir. Ich denke, aus dir soll eine junge Dame werden, deshalb hat dich eure Mutter doch dahin gebracht, oder irre ich mich?"

„Ach Walter. Eine Dame werde ich doch von allein, da warte nur noch ein, zwei Jahre ab. Dann komm ich in den Ferien mit einem solch wogenden Busen wie die im Kino ihn haben und du wirst mich gar nicht mehr erkennen."

Sie setzten sich und Christa half mit bei den Essensvorbereitungen, sie pellte die Zwiebeln und schnitt sie klein.

„Da hast du aber Glück, dass dein Bruder dich gleich mitgenommen hat." sagte Walter und schnitt einen der Steinpilze in mundgerechte Stücke.

„So was Feines wirst du in der Stadt nie nicht bekommen können. Die wissen gar nicht, wie frische Pilze schmecken."

Christa lachte und meinte dann, dass man auch in der Stadt Pilzgerichte bekäme, denn in den Supermärkten gäbe es überall frische Champignons.

„Und Stockschwämmchen und Shitakepilze gibt es auch in Gläsern zu kaufen."

„Aber keine Pfifferlinge. Denn Pfifferlinge lassen sich nicht züchten wie die Champignons. Und diese Steinpilze, die kannst du dort vergeblich suchen. Ich hab das mal gesehen, da gibt es getrocknete Steinpilze in der Tüte, aber die schmecken ja nach nichts. Nein, so etwas Gutes wie das hier, wie diese große Pilzpfanne, und dann noch die Krause Glucke obendrauf, so was kannst du sonst nirgendwo in der Stadt bekommen."

„Da magst du wohl recht haben. Es hat ja eben auch sein Gutes, wenn man so auf dem Lande lebt, oder?"

Walter gab Butterschmalz in die Pfanne und Speckwürfel, als das zu seiner Zufriedenheit brutzelte, kamen die Pilze hinein und wurden dann mit Salz und Pfeffer gewürzt, ein bisschen Majoran gab er auch noch dazu. Sie saßen um das Feuer und schauten auf die Pfanne, deren Duft ihnen das Wasser im Munde zusammenlaufen ließ.

Aus der Hütte holte Walter tiefe Teller, Besteck und Papierservietten, Uwe öffnete die Bierflaschen und brach für jeden etwas von dem Landbrot ab, dann begannen sie voller Erwartungsfreude zu essen. Christa lobte Koch und Pilze, Uwe aß und trank genüsslich und sagte gar nichts, Walter leerte den ersten Teller und füllte dann allen nach:

„Ich will mich ja nicht selbst loben, aber diese Pilzpfanne ist einfach lecker!"

„So ein gutes Essen gibt es im Internat nicht!" lachte Christa mit vollen Backen.

„Was habt ihr denn da auf dem Teller, nur gedünsteten Notar und gebutterte Nonnen, oder?"

„Ach was, wir haben meist irgendwas mit Nudeln und viele Gemüsesuppen, aber die schmecken auch ziemlich gut. Weißt du, wir Mädels haben ja auch Küchendienst, da müssen wir abwaschen und so, aufdecken und abwaschen, das kommt nicht so gut. Aber einer muss es ja machen, oder? Mindestens einmal im Monat sind wir dran. Und vor zwei Monaten, da sollte ich aus dem Keller noch Apfelsaft holen, die Köchin brauchte den unbedingt für das Essen, und da hab ich doch den Weinkeller der Direktorin gefunden. Da hing nur ein ganz einfaches Vorhängeschloss vor dieser Brettertür, und ich hatte ja von der Köchin das große Schlüsselbund, und da hab ich das Schloss einfach aufgeschlossen und es nur so wieder eingehängt, und in der nächsten Nacht sind wir dann heimlich hinabgestiegen und haben uns im Weinkeller der Direktorin umgeschaut."

„Wer ist wir, alle Mädchen im Internat?"

„Nein, wo denkst du hin. Da waren nur die drei anderen Mädchen aus meinem Zimmer mit dabei, das war ein großes Geheimnis. Alle haben wir Stillschweigen auf ewig geschworen, das durfte doch keiner wissen, wer weiß, was sonst mit uns geschehen würde. Wenn ich allein an die Bestrafungen denke, wird mir schlecht. Die hätten uns doch glatt von der Schule verwiesen, wenn sie uns erwischt hätten, und dann wäre ich auf der Straße gelandet, ohne Abschluss, was hätte wohl unsere Mutter gemacht, nein danke, ich mag gar nicht daran denken."

„Und dann habt ihr also den Weinkeller geplündert und es euch gut gehen lassen, oder?"

„Aber sicher, nur, es gab dort gar nicht so viel zu plündern. Ein paar Flaschen Sekt, deutschen Sekt, kein Champagner, und ein paar Flaschen Rotwein, die meisten der Regale waren leider leer. Na ja, ich denke mir, dass unsere Direktorin nur ziemlich selten Alkohol trinkt. Weißt du, sie wirkt auch etwas verknöchert."

„Oder aber der Arzt hat es ihr verboten, hihi."

„Das könnte es natürlich sein, jeder Schüler weiß, dass sie zuckerkrank ist. Manchmal nimmt sie ihre Pillen schon vor dem Essen."

„Ach, ihr esst also alle zusammen?"

„Ja, wir haben einen großen Speisesaal, wo die ganze Schule gemeinsam isst. Wenn wir Küchendienst haben, dann müssen wir auch aufdecken, das heißt überall Teller und Bestecke hinlegen. Wir machen uns oft den Spaß, dass wir dann am Lehrertisch in die Teller spucken, wenn es mal wieder Eintopf gibt. Dann kichern wir in unseren Reihen, wenn die Lehrer eifrig löffeln, und wir stellen uns vor, dass in deren Mägen sich dann das Essen mit unserer Spucke vermischt und sie vielleicht krank macht oder so."

„Ihr seid vielleicht eine Bande! Das sollte man von so angehenden jungen Damen gar nicht erwarten, diese Art von Grausamkeit und Hinterlist!"

„Lass man", meldete sich Uwe, „Frauen und Hinterlist, das passt doch gut zusammen. Wenn ich da nur an Elsa denke..!"

Alle lachten. Elsa war die letzte von Uwes angehimmelten Frauen gewesen, er hatte sie auf dem Schützenfest erst heftig betanzt und dann nach Hause gebracht, aber schon nach drei Wochen hatte sie ihn brüsk abgewiesen und war dann mit Karlchen Drebstein aus dem Nachbarort zusammen gesehen worden und, wie man so hörte, waren die beiden auch im Sommer zusammen auf Mallorca gewesen.

„Wisst ihr, ich bin ganz froh, dass mit der Elsa so früh Schluss gewesen ist. Denn stellt euch vor, wenn ich nun mit ihr auf diese spanische Insel hätte fahren müssen, allein was das für Geld gekostet hätte, ich mag gar nicht daran denken." Uwe öffnete für alle die nächsten Bierflaschen, sie aßen und Walter erzählte Döntjes und Jagdgeschichten, sie lachten viel und genossen die Pilze, die Pfanne wurde bis auf den letzten Krümel geleert, dann wischte Christa sie mit einem Brotstück ganz sauber und lachte:

„Nun brauchst du sie fast nicht mehr abzuwaschen. Es hat doch was für sich, diese Arbeit in der Internatsküche, oder?"

So saßen sie auf den abgewetzten Eichenstämmen mit dem köstlichen Geschmack der Pilzpfanne in der Mundhöhle, schauten in die verglimmende Glut des erlöschenden Feuers und in den tiefen dunklen Sternenhimmel, rings umher standen dunkel die Schatten der hohen Bäume, eine satte Zufriedenheit breitete sich in ihnen aus. Uwe berichtete von den Erlebnissen mit seinem Chef, der schon dreimal vergeblich versucht hatte, seinen Jagdschein zu machen. Walter lachte und schildere ausführlich von einem der Sonntagsausflügler, der ein dringenden Bedürfnis hatte und sich dann an den Feldrand gestellt hatte und nichtsahnend gegen den unter Strom stehenden Wildzaun pinkelte und dann, „So etwas hab ich noch nicht gesehen, der machte vielleicht einen Satz, da standen nur noch seine Schuhe am Zaun, er selbst lag in den Brombeersträuchern und jammerte. Und seine schöne Hose war nun ganz nass geworden. Na, der weiß jetzt, dass er seine Notdurft lieber woanders machen muss beim nächsten Mal.".

Sie lachten alle ziemlich laut. Doch plötzlich krümmte sich Christa und jammerte und hielt sich den Bauch.

„Ooh! Das tut so weh!!"

Uwe und Walter sprangen auf und versuchten, ihr zu helfen, aber wie? Walter legte sie vorsichtig auf den Boden und Uwe wollte ihr den Bauch reiben, aber Christa schrie bei der kleinsten Berührung auf:

„Nein! Lass es, es sticht so. Lasst mich nur in Ruhe!"

„Vielleicht liegt das an den Pilzen.", meinte Uwe besorgt, und schaute Walter an, „hast du auch richtig hingeschaut beim Einsammeln?"

„Na hör mal, ich suche doch schon seit über fünfzig Jahren Pilze, und noch nie hab ich einen giftigen im Korb gehabt, das kannst du mir glauben!"

Uwe zog sein Handy aus der Tasche und wollte den Notruf anrufen, aber Walter sagte:

„Lass uns schnell machen, wir fahren sie gleich ins Krankenhaus. Dort können sie Christa besser untersuchen."

Sie trugen Christa behutsam in Uwes Wagen und er fuhr mit aufheulendem Motor los, Walter saß auf dem Beifahrersitz und hielt Christas Hand, versuchte die Wimmernde zu beruhigen und dirigierte Uwe durch die sandigen Wege bis zur Landstrasse, dort konnte er nun mit Höchstgeschwindigkeit in die Stadt fahren. Zum Glück lag das städtische Krankenhaus am Stadtrand und war hell beleuchtet. Mit kreischenden Bremsen hielten sie vor der breiten Glastür und Walter sprang heraus, rief der Nachtschwester am Empfang zu, dass sie schnell einen Arzt bräuchten und dann ging alles seinen Gang. Mit Gelassenheit, aber dennoch geschwind, packten zwei Träger Christa auf eine Rolltrage und während ein Arzt sie schon im Laufen betastete und ausfragte, schoben sie Uwes Schwester in einen Behandlungsraum und schoben die Tür zu. Dann saßen Uwe und Walter draußen im Warteraum auf den blauen Plastikstühlen und schwiegen vor sich hin. Uwe schaute immer wieder auf die große Wanduhr, die ruhig vor sich hintickte. Dann endlich kam ein Arzt zu ihnen, den weißen Kittel zog er gerade wieder an:

„Da hat sie aber noch mal Glück gehabt, die Kleine."

„Waren es die Pilze?" fragte Walter besorgt und erhob sich.

„Pilze? Aber nein." Der Arzt schaute ziemlich ernst drein.

„Es war ihr Blinddarm. Er war schon kurz vor dem Durchbruch. Sie haben das Mädchen in letzter Minute hergebracht, ich gratuliere ihnen. Sie haben ihr wohl das Leben gerettet."

Uwe hielt sich die Hand vor den Mund.

„Der Blinddarm. Mein Gott. Bei mir was es damals auch der Blinddarm. Aber das war ganz anders, eher so ruhig, es zog und zog, ein paar Tage lang hat es gedauert, und dann war ich beim Arzt und der hat mich dann eingewiesen und am nächsten Tag kam die Operation."

„Wie geht es denn der Christa?" fragte Walter.

„Sie ist jetzt im Aufwachraum. Es war nicht so ganz einfach, der Magen war ziemlich voll und aufgebläht."

„Wir haben auch gerade frische Pilze gegessen."

„Pilze, selbst gesammelt. In meinem Wald kenne ich mich aus."

Der Arzt lächelte: „Da bin ich richtig neidisch. Ich esse auch gern Pilze, aber leider hab ich nur zu wenig Zeit, um selber in die Wälder zu gehen."

„Warten Sie, Herr Doktor, ich hab`s. Ich werde Ihnen in den nächsten Tagen einen Korb Pilze mitbringen, wenn wir Christa besuchen kommen. Denn ich denke mir, sie wird doch ein paar Tage hier bleiben müssen, oder?"

„Na, ein paar Tage wird sie schon noch liegen. Aber nicht so lange."

„Dann werde ich morgen mit Mutter kommen. Die wird sich wundern. Nur gut, dass jetzt Schulferien sind, da versäumt sie nicht so viel im Internat."

Der Pieper in der Kitteltasche des Arztes gab laute Signale.

„Ich muss dann mal wieder. Schwester Anne kann Ihnen alle Einzelheiten sagen, auch in welchem Zimmer sie ab morgen liegen wird. Und noch eins, ich freue mich schon auf die Pilze."

Der Arzt ging wieder. Uwe drückte Walters Arm heftig und grinste ihn an, so breit er nur konnte.

„Es waren nicht die Pilze. Und wir haben sie genau richtig hergebracht. Mann, bin ich froh! Komm, ich geb einen aus. Jetzt!"

„Aber sicher. Das muss begossen werden."

Walter warf sich in die Brust. Zum Einen waren es also nicht seine Pilze gewesen, er hatte es doch gewusst. Zum Anderen hatte sie genau das Richtige getan und damit vermutlich Christas Leben gerettet. Er war darüber ziemlich glücklich und zufrieden.

EIN ERLESENES RAGOUT

Als die Ladenglocke ertönte, blickte Tim Kröger unwillig von seinem Buch auf. Natürlich freute er sich über jeden Kunden, der seine kleine Buchhandlung betrat, aber heute hatte er in dem schon leicht angefressenen Buch etwas für ihn ganz Spannendes gefunden und kam nur ungern aus seinem bequemen Sitz hoch. Der Kunde war eine Frau und sie wollte gern den neuen Bestseller „von der Dingsda, dieser blondierten Dame, die neulich auch im Fernsehen gewesen war." Das Buch sei eine Lebensgeschichte und die Heldin musste Zwangsarbeit leisten und viele unangenehme Dinge erdulden, ehe sie den Gutsherrensohn heiraten konnte. Tim wusste sofort, was diese Kundin wollte und verkaufte ihr den dicken Schmöker gern. Er hatte etwas verdient und die neue Kundin war zufrieden, also hatten beide Seiten einen guten Tag.

Er kehrte zurück zu dem rot eingeschlagenen Buch, ein „Buch für jeden Haushalt zur Führung und Ausrichtung für alle Stände", so der Titel. Aber Tim war nur an den letzten fünfzig Seiten interessiert, an den Kochrezepten.

Er suchte etwas Bestimmtes, etwas Ausgefallenes, etwas ganz Spezielles, er wusste zwar noch nicht was, aber es sollte etwas Außerordentliches sein. Denn er wollte für Helene kochen.

Seine Helene. Helene, die tüchtige Physiotherapeutin, die Krankengymnastin, die ihn wieder auf die Beine gebracht hatte. Er hatte schon seit einigen Jahren immer wieder Ärger mit dem Rücken gehabt, „Das sind die

Wirbel, die haben Kalk angesetzt.", hatte sein Hausarzt gesagt. Erst hatte der ihm Spritzen verordnet und gegeben, dann ein paar Tabletten und Tropfen, gegen die Schmerzen und zum Schlafen, aber das Wichtigste sei doch Bewegung oder Krankengymnastik. So hatte Tim die Helene kennengelernt.

Als er zum ersten Mal in die Praxis gekommen war, damals wurde er von der Besitzerin selbst in Empfang genommen und diese hatte nach Rücksprache mit dem breiten Terminkalender gemeint, er solle doch am besten zur Helene gehen, die verstehe sich ziemlich gut auf Rückenprobleme, da hatte er noch gedacht, was das für ein altmodischer Name sei, Helene.

Inzwischen war er eines Besseren belehrt und liebte diesen Namen. Nein, nicht den Namen, aber die Trägerin dieses Namens, die Helene. Es war seit langem wieder das erste Mal, dass ihn eine Frau berührte, wenn auch nur beruflich, aber er genoss die warmen Hände und die Ausstrahlung ihres ganzen Körpers, wenn sie sich so eng an ihn schmiegen musste, und dann der plötzliche Schmerz, den ihre Fäuste durch den Druck ausübten, um die Verspannungen zu lösen. Und dann das freundliche Lächeln und der nette Klaps, wenn die Anstrengungen für beide vorüber waren. Ja, er hatte wirklich nicht anders gekonnt, als sich zu verlieben. So allmählich konnte er durch gezielte oder beiläufige Fragen auch herausbekommen, dass die Helene noch bei den Eltern lebte, zur Zeit keinen festen Freund hatte und sehr gern gute Dinge zu sich nahm, kurz gesagt, sie mochte gern und gut essen. Schon war sein Plan fertig, er würde sie nach Ende der Behandlung in das beste Restaurant einladen, das es in der Stadt gab, dann würde man schon sehen, wie es wohl weiterging.

Gedacht getan, so war Helene an einem Freitagabend mit ihm ins „Roberto" gegangen und sie hatten dort wirklich gut gegessen, von der Vorspeise bis zum Dessert waren Zubereitung und Geschmack hervorragend gewesen. Helene hatte sich sehr erfreut über seine Auswahl und die dezente Musik im Restaurant geäußert und hatte ihm gestattet, sie nach Hause zu begleiten. Sie wohnte in einer weißen Gründerzeitvilla in einem der Vororte, wo „man halt wohnt, wenn man schon in der Stadt ist."

Natürlich hatte er sich umgehört, bei Freunden, Nachbarn und sogar bei einigen Stammkunden, die schon älter waren, sie konnten ihm so manches über Helenes Vater erzählen; und der alte Herr Behrens meinte sogar, dass der Vater es wohl zum Bürgermeister gebracht haben würde, wenn er es darauf angelegt haben würde, aber seine Interessen waren ja anderweitig, er wollte unbedingt seinen Reichtum vermehren, und dazu gab es für ihn zumindest in der Politik keine Möglichkeit, denn er wollte ja als ein hanseatischer Kaufmann keine krummen Geschäfte machen. Herr Behrens hatte dann noch vor sich hin gegrient und gemeint, dass es vielleicht für die Stadt doch gut sei, so insgesamt betrachtet, dass Helenes Vater nicht ins Rathaus gewählt worden war, denn er hatte ja auch seine dunklen Seiten: er ging mit all denen, die er für Konkurrenten hielt, nicht gerade zimperlich um. Er war hart, aber alles nur im Rahmen der Legalität, und als Bürgermeister hätte er wohl den Rahmen etwas erweitern können, oder so. Dann nahm Herr Behrens seinen Bildband über die Romantik, grüßte Tim und verließ den Laden.

Mit Helene hatte es sich dann aus Tims Sicht ziemlich gut entwickelt, sie waren gemeinsam zum großen Maskenball gegangen, dort hatte sie sich zum ersten

Mal geküsst, dann kamen Ruderball und Frühlingsfest, eine Urlaubswoche in London und eine Reihe von Partys und Festivitäten, und im Laufe des Jahres wurde die innere Beziehung immer enger. Helene lachte gern und ausgelassen, sie war belesen und in einigen Bereichen ziemlich anspruchsvoll, so etwa im Essen. Sie selbst konnte nicht kochen, was sie gern und oft zugab, aber dafür konnte sie gut backen. Tim liebte ihren Apfelkuchen.

Nun war es an der Zeit, dachte er, dass sie ihrer Gemeinsamkeit auch eine festere Form geben sollten. Er wollte sich mit ihr gern verloben. Aber wie? Sie erwartete sicher etwas Stilvolles, etwas ganz Ungewöhnliches, etwas für sie Einmaliges. Daher hatte Tim sich entschlossen, für Helene zu kochen. Er kochte sonst nicht oft, hin und wieder ein Spiegelei oder eine Packung Schnellnudeln, da benötigte er nur etwas Wasser und musste fleißig umrühren, das war alles. Er konnte so etwas gut essen, es war warm und machte satt; früher als Student hatte er oft aus pekuniären Gründen Tütenreis mit einer Dose Ölsardinen verfeinert, aber seit er mit Helene zusammen war, hatte er die feine Küche schätzen gelernt.

Er würde also ein richtiges Festmahl zubereiten, und am Ende der Mahlzeit dann würde er ihr den Ring überreichen, oder noch besser, den Ring versteckte er in einem Glas Erdbeermousse und Helene würde ihn dann auslöffeln und völlig überrascht sein.

So machte er sich also auf die Suche nach einem Rezept, mit dem er seine Geliebte überraschen konnte und wollte. Als Buchhändler saß er ja an der Quelle, aber was er dort in den üblichen Kochbüchern fand, war entweder zu abgefahren und aufwendig oder aber es sah ihm zu simpel aus. All diese Rezepte aus der sogenannten modernen Küche, wo es dann hieß „Kartoffel an Mohrrübe im Nussmantel" oder alles nur französisch benannt wurde, das klang ja nach internationaler Küche, oft aber war es nur etwas ziemlich Altes und Gewohntes, nur in neuer Verpackung. So suchte Tim also weiter, bestellte auch diverse Kochbücher bei eher obskuren Verlagen und Antiquitätenhändlern. An den Sonntagen ging er gelegentlich auf Flohmärkte stöbern, wenn Helene von ihrer Familie in Beschlag genommen wurde; aber alles, was er bislang an Rezepten gelesen hatte, war noch nicht das, was er sich vorgestellt hatte, oder besser, was er sich wünschte, dass er sich das vorstellen konnte, und es sollte ja auch nicht zu kompliziert sein. Tim hatte sich natürlich rückversichert und wie nebenbei seinen guten Freund Otto gefragt, ob der ihm wohl unter die Arme greifen würde, wenn er etwas brutzelte und dann mit ihm probierte und seine offene Meinung sagen würde. Tim hoffte natürlich, dass der Otto ihm dann auch mit Taten zur Seite springen würde, denn der konnte ziemlich gut kochen. Seine Bratkartoffeln mit Roastbeef waren im Freundeskreis legendär, und auf fast allen Silvesterfeiern durfte sein Heringssalat auf der Festtafel nicht fehlen.

Tim las und las, und immer, wenn er mit Helene auswärts essen ging, versuchte er herauszubekommen, auf welche Art von Speisen sie wohl ganz besonders ansprechen würde. Aber Helene verzehrte mit großem Appetit alles, was gut angerichtet war, aus guten Zutaten bestand und sie liebte besonders die regionale Küche, sie bevorzugte heimische Beilagen.

Einmal waren sie in Hamburg eingeladen, im Hause eines reichen Senators, dort gab es extra eingeflogenes Känguru an schwarzer Ananas mit kanadischem

Wildreis; Helene fand das zwar ganz nett, aber sie bevorzugte doch eher Produkte aus ihrer Heimat, und er liebte sie um so mehr. Sie war eben trotz ihrer reichen Eltern nicht abgehoben oder überheblich, sondern blieb immer mit den Beinen fest auf der Erde. Für einen gut gekochten Steckrübeneintopf oder ein frisches Fischgericht konnte sie sich begeistern.

Nun suchte und las Tim Rezept um Rezept, er hatte schon höchst merkwürdiges gefunden; in einem alten Kochbuch von 1907 für die kaiserliche Marine "Kochbuch für die Tropen" von Antonie Brandeis fand er zum Beispiel ein interessantes Rezept für gebackene Hammelfüße. Aber er verwarf dieses Rezept sofort, denn aus Erfahrung wusste er, dass Helene keinen Hammel mochte

Seine neu erwachte Leidenschaft blieb natürlich nicht unbemerkt, und so sprach ihn Frau Dr. Kollmar darauf an. Tim mochte diese alte Hausärztin, sie hatte ihm ja auch damals den Tipp gegeben, wegen seines Rückens zur Krankengymnastik zu gehen. Also war sie beteiligt, dass er jetzt eine so tiefe Beziehung zu Helene hatte. Diese Frau Dr. Kolmar nun fragte ihn direkt, warum er sich so sehr für ausgefallene oder eher merkwürdige Kochrezepte interessiere.

Tim setzte sich mit der Ärztin hinten an den kleinen Tisch und bereitete ihnen beiden einen starken Assam zu, den sie mit braunem Rohrzucker süßten. Dort erzählte er von seinem Plan, Helene mit einer Mahlzeit zu überraschen und dann den Ring im Dessert zu verstecken. Die Ärztin lachte auf und klopfte ihm auf die Schulter, sie fand das eine gute Idee und versprach, dass sie ebenfalls ihre Bücher durchsehen wolle und dann, falls sie eine gute Idee habe, würde sie ihm diese mitteilen, und sie bot sich an, bei der Herstellung des Menüs zu helfen. Denn sie verstehe sich eben nicht nur auf Salben und Pflaster, sie könne auch ganz passabel kochen, das jedenfalls habe ihr verstorbener Mann immer behauptet.

Und tatsächlich kam sie schon nach zwei Tagen wieder und lege ihm ein kleines rotes Büchlein vor, ein Kochbuch aus Brünn von 1832. Hierin fand Tim Rezepte über „gefüllten Karpfen auf welsche Art" oder von „Ochsenfüsse in einer Sardellensauce", aber am meisten beeindruckte ihn „gebackene Marachen."

Er hatte keine Ahnung, was Marachen sein konnten, er telefonierte viele seiner Bekannten an, und als er mittags zum Essen ins Cafe ging, fragte er den Kellner, der den Koch an den Tisch holte. Dort zeigte Tim ihm das Rezept über gebackene Marachen, aber der Koch las etwas ratlos den Text und meinte dann, er habe so etwas noch nie gehört und wisse nicht, was das wohl sein könne. Gesättigt, aber ratlos ging Tim zurück in seine Buchhandlung und las weiter in dem alten Kochbuch, aber er fand noch nicht das Richtige, was er seiner Helene bieten wollte.

Die Kundschaft merkte natürlich, dass ihr Buchhändler meist mit seinen Gedanken woanders war, aber sie sah es ihm nach, denn er war sonst immer sehr zuvorkommend gewesen und versuchte, möglichst jeden Kunden zufrieden zu stellen, sogar ziemlich ausgefallene Bücher konnte er besorgen, und nicht etwa über das Internet, das machten schon viele seiner Kunden von allein, zu seinem Leidwesen. Er hatte ein paar gute Freunde noch aus der Zeit an der Universität, von denen zwei Zugang hatten zu ererbten großen Bücherbeständen, die sie aber nicht ins Internet stellen wollten; dazu liebten sie Bücher viel zu sehr. Sie verkauften nur an ausgesprochene Leser oder eben an Tim, der ihre Bücher, soweit kannten sie ihn ja, auch nur an Liebhaber weitergeben würde. Im Laufe der Wochen erfuhren dann die langjährigen Bücherkunden, dass Tim auf der Suche nach einem Kochrezept war, das einerseits ausgefallen sein sollte, anderseits aber so simpel, dass er es auch kochen können würde. Die meisten taten das als eine Marotte ab, aber es gab einige, die ihm zu helfen versuchten und ihm Woche für Woche alte Rezepte oder aus fremden Zeitschriften ausgeschnittene Beilagen mit Bildern von merkwürdigen Gerichten brachten. Tim war sehr dankbar dafür, aber soviel er auch las, er fand immer wieder hier eine ungeahnte Schwierigkeit und dort eine Unmöglichkeit der Beschaffung oder einfach, zumindest in seiner Phantasie, dass diese Speisen einen schlechten und miesen Geschmack haben mussten, entweder las es sich als zu süß oder zu bitter oder zu scharf oder zu labberig. So suchte und suchte er, und das alles natürlich im Verborgenen; denn seine Helene durfte von all dem ja nichts mitbekommen, dann wäre es ja keine Überraschung mehr.

Eines Tages kam Frau Dr. Kolmar wieder in den Laden und brachte ihm ein Konvolut von losen Blättern verschiedener Formate, die von einem zartlila Band zusammengehalten wurden.

„Hier sollte aber nun wirklich etwas für Sie drin sein. Das sind die geheimen Aufzeichnungen meiner Großmutter, ich wollte sie schon lange wegwerfen oder am sichersten verbrennen, denn was sollen fremder Leute Augen mit den Briefen und Notizen meiner Oma anfangen? Das hat sie nicht verdient, sie möge in Frieden ruhen. Aber ich denke mir, hier sind auch eine Menge Rezepte darunter, die sie noch in ihrer Ausbildung zur höheren Tochter erhalten hatte. Damals war man einfach nur höhere Tochter, da hatte man noch keinen Beruf, das war weit vor dem ersten Krieg, wissen Sie. Nun, ich denke mir, sie sollten das alles haben. Suchen Sie und finden Sie, und wenn Sie alles durchgesehen haben, dann bitte werfen sie das alles ins Feuer. Damit endlich Ruhe ist mit der Oma."

So nahm Tim denn den Stapel Notizen, alle handschriftlich in einer ordentlichen Schrift, zum Teil in Sütterlin verfasst, zum Teil in einer Mischung aus der sogenannten lateinischen Schrift, aus Druckbuchstaben und Sütterlin, und am Abend, wenn er nicht mit Helene verabredet war, saß er in seinem bequemen Ohrensessel, neben sich auf dem Hocker den Papierstapel, und arbeitete sich Blatt für Blatt hindurch. Da gab es dann Tagesnotizen oder lyrische Ergüsse, die er anfangs ziemlich gern las, aber später dann überblätterte er diese und las lieber die nächsten Seiten. Es gab einige Rezeptvorschläge, aber meist über Torten oder Kekse oder Mixgetränke für Kinder. Was ihn zum Nachdenken brachte, aber es war ja klar, damals war es erheblich anders als heute, damals gab es noch nicht überall so etwas wie Limonade zu kaufen, die musste man selbst herstellen oder herstellen lassen. Und die Erwachsenen hatten außer Wasser meist nur Milch oder Dünnbier als Getränke zu Verfügung, zu hohen Gelegenheiten gab es dann Wein, meist vom Rhein, das klang so vornehm: Rheinwein. Aber für die Kinder? Da wurden in allen Häusern die Getränke selbst gemacht, meist ein Kräuter- oder Früchtetee, der dann erkalten musste. Oder Saftgetränke natürlich, Äpfel, Birnen, Kirschen oder von den Beeren aus dem Garten, natürlich alles von der Familie handgepflückt.

So saß Tim Abend für Abend und Tag für Tag, mit Helene ging er essen und probierte hier und dort und merkte sich, was sie wohl gern aß und was nicht.

Eines Abends stieß er in den Papieren der Großmutter von Frau Dr. Kollmar auf ein vergilbtes Blatt, auf dem mit Bleistift Linien gezogen waren und auf den Linien in Sütterlin mit Tinte war erst eine Einkaufsliste aufgeführt und dann kam die Art der Anwendung. Überschrieben war alles mit „Rezept für Bremer Kükenragout".

Tim war sofort von diesem Rezept begeistert, er wusste nicht genau warum, aber er las und las immer wieder interessiert die Einkaufsliste:

„Vier Stubenküken, vier Speckscheiben, etwas Butter, Hühnerbrühe, ein gutes Pfund Muscheln, ein halbes Krebsschwänze, ein halbes Erbsen, dazu etliche Champignons und Spargelspitzen. Man halte saure Sahne, Zitronensaft, Mehl und Salz bereit."

Allein das Wort Stubenküken. Tim hatte es noch nie gehört oder gelesen, er verband damit eine Assoziation von warmen weichen Tönen, Gemütlichkeit, Behaglichkeit, Kerzen und gute Laune. Ja, das war es, das wollte er für seine Helene kochen. Helene mochte Fisch und alles aus dem Meer, die aß das ausgesprochen gern, und so oft es ihnen möglich war, fuhren sie hinaus ans Meer, um dort direkt beim Fischer in seinem kleinen Bretterverschlag von dessen frischem Fang zu speisen.

Stubenküken.

Tim erfuhr von dem Bauern auf dem Wochenmarkt, bei dem er seine Eier und Würste kaufte, dass dieser ihm solche Stubenküken liefern konnte, aus eigener Stallung. Zwar lächelte der Bauer und meinte, dass er das Wort Stubenküken seit seiner Schulzeit nicht mehr gehört habe, aber der Gegenstand als solcher, nämlich ganz junge Küken, die würden schon des öfteren gekauft und vor allem die sogenannten feinen Hotels bestellten im Herbst immer wieder mal derartige Küken. Was ihn als Bauer ja nur freuen konnte, denn üblicherweise wurden die Hähnchen ja gleich nach dem Schlüpfen aussortiert und getötet, sie wurden auf den Hühnerhöfen nicht mehr gebraucht. Da wollte man nur Legehennen oder Suppenhühner, aber keine Hähnchen. Die paar Hähne in den großen Stallungen hielten die Legelust aufrecht, ansonsten konnten die Hühnerbauern auf den männlichen Nachwuchs verzichten.

Tim war sehr aufgeregt. Er legte den Termin für das Festmahl auf den Freitag fest. An die Ladentür hängte er ein Schild: „Wegen Familienfeier heute geschlossen" und ging in die Stadt, alle Zutaten einzukaufen. Mit den Muscheln gab es kein Problem, es war ja ein Monat mit „R", also Muschelzeit; die bekam er fangfrisch auf dem Markt.

Schwieriger wurde es schon mit den Spargelspitzen, erst in einem der renommierten Feinkostgeschäfte bekam er ein Glas, in dem nur Spargelspitzen sortiert waren. Tim hätte sie gern frisch gehabt, aber diese taten es auch.

In seiner Küche packe er alle Zutaten auf die Arbeitsplatte und begann. Zuerst die jungen Hähnchen salzen und mit der Speckscheibe umwickeln. Allein das machte ihm ungeahnte Schwierigkeiten. Immer wieder fiel der Speck herunter, bis Tim auf die Idee kam, die Speckscheiben mit einem hölzernen Zahnstocher festzustecken. Die jetzt fertigen Hähnchen kamen in einen Topf, in dem er Butter erhitzt hatte; nach kurzer

Bratzeit, sobald die Haut sich zu bräunen begann, goss er von der Brühe dazu, drehte die Hitze herunter und ließ alles vor sich hin dünsten. Die Muscheln wurden für 5 Minuten in Salzwasser gekocht. Dann konnte er aus den geöffneten Muscheln ganz leicht das Fleisch herauslösen. Nun bereitete er aus Mehl, Butter und Hühnerbrühe eine helle Mehlschwitze zu, die er mit Zitronensaft und saurer Sahne abschmeckte. Muscheln, Erbsen, Champignons, Krebsschwänze und Spargelspitzen kamen dann in diese Schwitze und Tim ließ alles noch einmal aufkochen. Dann kam diese Sauce über die fertigen Hähnchen. Dazu bereitete er Kartoffelbrei und grünen Salat.

Den Verlobungsring, den er schon seit einem halben Jahr in der linken Schublade liegen hatte, den ließ er in der Erdbeermousse versinken. Helene würde sich wundern. Jedenfalls hoffte Tim das. Ein letzter Blick:

Der Tisch war gedeckt, die Kerzen brannten, das Ragout war bereit, nun konnte Helene kommen. So allmählich stieg jetzt bei Tim die innere Spannung.

Es klingelte.

BURGUNDERBRATEN

Nun hatte sie alle Zutaten auf dem Küchentisch bereitgelegt, nahm das kleine Küchenmesser und setzte sich vor die Arbeitsplatte. Anita wischte sich noch einmal eine vorwitzige dunkle Haarsträhne aus der Stirn und griff zur ersten Kartoffel.

Natürlich war sie aufgeregt. Und natürlich sollte das niemand merken; sie hatte schon etwas von dem Melissengeist genommen, da hatte ihre Mutter immer drauf geschworen: „Nimm nur, mein Kind, der tut dir gut, der beruhigt so schön und außerdem ist er ja so gesund."

Heute Abend sollten Günters Eltern kommen. Sie würden die zukünftige Schwiegertochter begutachten wollen und, da war sich Anita sicher, Günters Mutter würde mit dem kritischen Blick aller Mütter, der sich immer dann einstellte, wenn es um das künftige Glück des einzigen Sohnes ging, nicht nur die Einrichtung der kleinen Wohnung überprüfen, sondern auch die Qualität der Speisen und deren Zubereitung, den Tischschmuck, die Musik zum Essen und ganz besonders Haltung und Aussehen der zukünftigen Ehefrau.

Daher hatte sie bei ihrem Schlachter ein besonders gutes Stück Rindfleisch aus der Keule vorbestellt und auf dem Wochenmarkt die neuen Kartoffeln beim Bauern Harms gekauft, die waren zwar etwas teurer, aber vom Geschmack her deutlich besser, wie sie aus Erfahrung wusste. Zum Dessert hatte sie auf Günters Wunsch hin grünen Glibber vorbereitet, der Wackelpudding, den der Vater so gern aß, stand schon seit gestern Abend im Kühlschrank und sollte noch mit kleinen Sahnehäubchen verziert werden.

Ja, der Günter. Er war ihr gleich aufgefallen, als er seine Rechnung bezahlt hatte. Anita arbeitete im Autohaus Schröder & Co an der Kasse. Günters Wagen brauchte nicht nur neue Stoßdämpfer, sondern auch eine neue Auspuffanlage, das hatte der Meister ihm gesagt, als der das Auto aufgebockt hatte, denn der TÜV war wieder einmal fällig. Da kam ganz schön etwas zusammen, und so war die Rechnung nicht gerade klein gewesen.

Anita, sie konnte nun mal ihren Namen nicht leiden, schon seit der Schulzeit, ihre Mutter war vor ihrer Geburt von dem Schlagersänger Costa Cordalis so begeistert gewesen, dass sie ihrem Mann mit Scheidung gedroht hatte, wenn der nicht beim Standesamt ihre Tochter als Anita anmeldete. Natürlich hatten die anderen in der Klasse sie damit aufgezogen und immer wieder „Anita Anita" gesungen. Als sie in diese Stadt gezogen waren, denn der Vater war hierher versetzt worden, und als Beamter konnte er sich ja nicht gegen so etwas wehren, hatte sie in der neuen Gesamtschule auf die Frage nach ihrem Namen „Rita" gesagt. Für alle war das unproblematisch gewesen, nur zum Ende des Schuljahres, als es Zeugnisse gab, hatte die Klassenlehrerin sie in der Pause gefragt, ob sie denn auch auf das Zeugnis „Rita" schreiben solle oder nicht doch lieber ihren richtigen Namen. Aber sie hatte darauf bestanden, weiter als Rita durchzugehen, und dabei war es denn geblieben. Sie hatte den Schulabschluss mit „Sehr gut" gemacht und die Lehrer hatten sie gedrängt, doch weiter zu lernen und auf eine Universität zu gehen, aber dazu hatte sie keine Lust. Sie wollte endlich eigenes Geld verdienen und damit tun und lassen, was sie wollte und nicht mehr den Eltern auf der Tasche liegen. Sie hatte eine Ausbildung als Finanzbuchhalterin begonnen, denn der Umgang mit Zahlen war ihr sehr angenehm, sie hatte einen kleinen Hang zur Perfektion. Dann war der Vater wieder versetzt worden, und sie blieb in einer kleinen eigenen Wohnung zurück, beendete die Ausbildung und fand schnell eine gute Anstellung im Autohaus Schröder & Co.

Und dort hatte sie zum ersten Mal Günter getroffen, als der seine Rechnung bezahlte. Zunächst war er für sie wie andere Kunden auch, ein junger Mann, nett und freundlich, mehr nicht. Aber dann war er nach zwei Tagen plötzlich wiedergekommen, weil er auf der Rechnung eine Unstimmigkeit entdeckt hatte. Sie musste den Meister zu Rate ziehen, dieser ging mit der Rechnung und Günter nach oben in den ersten Stock zum Betriebsleiter, und als Günter wieder breit grinsend herunterkam und ihr die geänderte Rechnung präsentierte, er bekam jetzt noch überzählig gezahltes Geld zurück, da war etwas in seinen Augen gewesen, was sie positiv berührt hatte. Er fragte dann, ob sie nicht mit ihm seinen Sieg über den Kapitalismus mitfeiern mochte, und sie hatte spontan zugesagt. Am Abend waren sie erst beim Italiener gewesen und danach noch zum Tanzen. Er hatte sie nach Hause gebracht und ihr zum Abschied ein kleines Küsschen auf den Mund gedrückt. Das hatte ihr gefallen, dass er nicht gleich mit der „Alles oder Nichts"-tour auf sie eingedrungen war. Sie hatten sich dann noch ein paar Mal getroffen und an den Wochenenden lange Spaziergänge unternommen, hatten Händchen gehalten, ein Küsschen hier, eins da, und dann war es geschehen, auf einer Lichtung ganz nah am kleinen See, mitten im Grünen. Und er war eher schüchtern gewesen, besorgt, ihr nicht wehzutun, und sie hatte sich bei ihm ganz geborgen gefühlt und sich in seinen Armen zu Hause gefunden. Von da an lebten sie zusammen, so oft es nur ging, wenn auch noch in zwei Wohnungen, aber sie kochten gemeinsam, oder Günter kaufte ein, wenn er früher Schluss hatte als sie, er war Ingenieur in einem großen Betrieb, zuständig für Atemschutzgeräte, und entwickelte dort in der Forschungsabteilung neue Techniken für Sauerstoffgemische, die man einerseits beim Neubau und zur Reparatur bei Öltürmen in der See benötigte, andererseits aber auch in Krankenhäusern und Säuglingsstationen. Günter war von seiner Arbeit fasziniert und begeistert, und das wiederum fand Anita so gut an ihm, das gefiel ihr. Denn genau so faszinierend fand er sie, und dass Günter sie so hoch wertschätzte, das war ihr noch nie mit einem Mann wiederfahren, und sie liebte ihn über alles und er auch sie. Sie konnte ihm sogar sagen, dass sie eigentlich Anita hieß. Er meinte zwar, dass er diesen Namen auch ziemlich gut fände, aber wenn sie weiterhin Rita heißen wolle, sei es ihm auch recht. Er würde gern sein und ihr Leben so einrichten, wie es ihr gefalle, die Hauptsache sei doch, dass sie zusammen leben wollten.

Die Kartoffeln waren geschnitten und standen nun im Topf mit Wasser auf dem Herd. Jetzt mussten Zwiebeln und Möhren gesäubert und kleingeschnitten werden. Anita nahm sich erst die Möhren vor, denn bei den Zwiebeln kamen immer die Tränen und das Naseputzen, das hob sie sich auf.

Dann hatte Günter sie gefragt, ob sie ihn nicht heiraten wolle. Natürlich hatte sie ja gesagt, und so kam es nun, dass sie seine Eltern kennenlernen sollte.

Heute Abend! Sie hatte ihre Mutter angerufen und gefragt, was sie denn kochen solle, denn es musste schon etwas ganz besonderes sein, hatte sie sich so gedacht, während Günter gemeint hatte, dass auch ein kaltes Abendbrot mit Räucherfisch und Heringssalat genügen würde. Ja, diese Männer! hatte sie nur gedacht und ihm zärtlich durch das Haar gestrichen.

Als die Möhren in Scheiben geschnitten waren und die Zwiebeln geschält und in feinen Würfeln auf dem Brett lagen, nahm sich Anita den Braten vor. Der wurde gesalzen und dann dick mit scharfem Senf bestrichen, kam dann in eine Kasserolle, deren Boden sie mit Rapsöl bedeckt hatte. Dann nahm sie die getrockneten Steinpilze, die sie über Nacht in einem Glas gewässert hatte, die Zwiebeln und Möhren und schüttete das Gemüse in den schweren Topf, fügte je ein Wasserglas Burgunder und Apfelsaft hinein und verschloss die Kasserolle dann mit ihrem Deckel. Hinein in den Backofen und bei zweihundert Grad schmorte dann der Braten für eine lange Zeit vor sich vor sich hin.

Die Zubereitung der Sauce war für Anita kein Problem. Butter, Mehl und Gemüsebrühe aus der Dose, dazu ein Lorbeerblatt, etwas Thymian und der Rest von dem Burgunder, alles gut verrührt und eingekocht. Wie hatte ihre Mutter immer gesagt: Wenn du die gute Butter nimmst, dann sparst du dir manche böse Überraschung beim Kochen. Daran hatte Anita sich gehalten, und Günter kam das sehr zu gute, er wusste es wohl zu schätzen. Ihm schmeckte, was Anita kochte, und oft erprobten sie gemeinsam neue Rezepte, die er von Mitarbeitern aus der Firma erfahren hatte, besonders seine Kollegen aus der Türkei und dem Jemen hatten äußerst interessante Gewürzmischungen an sonst eher langweiligen Gerichten, die ihnen nun ganz raffiniert schmeckten. Da waren Gewürze dabei, deren Namen Anita noch nie zuvor gehört hatte, und sie gingen an Samstagen beide jetzt gern zu den Asialäden und den kleinen Gewürzhändlern auf dem Markt und kauften Kurkuma, Garam Masala, Tamarinde oder Koriandersamen.

Als sie überlegten, was sie denn nun Günters Eltern zum Essen vorsetzen sollten, da hatte Anita zuerst an ein Currygericht mit Huhn gedacht, das war recht einfach herzustellen und sie hatte alle Zutaten im Haus. Aber Günter hatte nur den Kopf geschüttelt und gemeint, dass seine Eltern für ein indisches Essen wohl zu konservativ seien, sie würden eher etwa Europäisches bevorzugen, am liebsten hätten sie nach seiner Ansicht etwas typisch Deutsches. Nach langer Diskussion hatten sie sich dann auf einen Rinderbraten geeinigt, und nun machte Anita also den Burgunderbraten nach dem Rezept ihrer Großmutter. Sie hatte lange mit ihrer Mutter am Telefon die Einzelheiten besprochen und hoffte, dass ihr alles gelingen würde, die Mutter hatte sie beruhigt und gemeint, dass erstens da nichts anbrennen könne, weil das Fleisch in der schweren Kasserolle in Flüssigkeit schwimmen würde, dass zweitens die, wie man es früher genannt hatte, die Sättigungsbeilagen wie Kartoffeln und Bohnen ja für Anita kein Problem sein dürften, weil sie diese Gemüse ja immer wieder gekocht hatte, und zum Dritten habe sie ja im Hinblick auf Günters Vater ein Dessert vorbereitet, das jedweden schlechten Geschmack des Hauptgangs wieder wettmachen könne. Sie solle nur darauf achten, dass der Wein, der dem Braten seinen Geschmack abgibt, auch der gleiche sei, den sie dazu trinken würden, dann sei alles perfekt und es könne nichts schieflaufen. Und falls Günters Mutter eine alte Meckerhexe sei, dann würde sie das eben lächelnd aushalten können, schließlich würden die Eltern am nächsten Tag wieder wegfahren. Dann sei alles überstanden, so oder so. Sie solle also möglichst noch am Abend anrufen, sobald Günters Eltern aus der Wohnung verschwunden wären.

Anita schaute auf ihre Armbanduhr, noch hatte sie Zeit. Sie ging ins Bad, um sich fertig zu machen, dann noch ein Blick in die Küche, die Kartoffeln und Bohnen mussten aufgesetzt werden, sie überprüfte noch einmal den festlich gedeckten Tisch und zog sich dann im Schlafzimmer um. Sie stellte sich ins Wohnzimmer und überprüfte das Licht, schaltete auch im Flur das kleine Licht an der Garderobe schon ein, nicht dass Günters Mutter sie etwa für einen Geizhals halten sollte. Da klingelte es auch schon.

Ein letzter Blick in den Spiegel, einmal noch tief durchatmen, dann mit einem freundlichen Lächeln zur Tür und öffnen.

Da stand ein uniformierter Polizist und ein älterer Mann in Zivil. Der Polizist sagte:

„Entschuldigen Sie die Störung, aber es hat einen Unfall gegeben. Bitte kommen Sie mit in die Klinik, es geht um die Identifikation der tödlich Verunfallten."

DIETER KAUFT KUCHEN

In dieser kalten Januarnacht hatte es geschneit. Als Dieter am frühen Morgen vor dem Frühstück zu den Ställen ging, sah er zum ersten Mal die Spuren im Schnee. Er hielt sie zunächst für die Abdrücke eines streunenden Hundes, vielleicht der vom Bauern Reinhold, der sich schon häufiger von seiner langen Leine hatte befreien können und, wie man im Dorf so munkelte, auch bei Wesemanns Teich eine oder zwei Enten gerissen haben sollte. Dieter schloss den Stall auf und warf seinen indischen Laufgänsen ihr Futter hin. Er hatte der Schnecken wegen seit drei Jahren diese Laufgänse, die überall auf seinem Grund die Schnecken wegfraßen. Er hatte seitdem kein angefressenes Gemüse mehr und war ziemlich stolz, dass er in seinem Garten ohne jegliche Chemie auskam.

Zuerst hatte er ja befürchtet, dass diese Entenart in dem hiesigen Klima nicht gut gedeihen würde, denn hier war der Winter doch meist ziemlich hart mit Eis und Schnee und vor allem sehr kalten Temperaturen; und in Indien, so hörte man es doch allenthalben, war es warm oder gar heiß, die Bilder im Fernsehen zeigten ja Menschen in leichten Gewändern oder Touristen am hellen Sandstrand in einem türkisfarbenem Wasser oder ein Ashram, in dem deren Bewohner alle in orangenen Roben herumliefen oder die Fakire, die nackt oder halbnackt auf einem Bein an einem Fluss standen oder auf einem Felsen saßen. Und in den Spielfilmen über Indien, abgesehen von den Bollywood-streifen, in denen seltsame Gesänge und Tänze gezeigt wurden, sah man Engländer auf Elefanten zur Tigerjagd antreten, die Sonne schien, oder Kämpfe am Khyberpass, alles in warmen Jahreszeiten, zumindest im Film. Aber Dieter hatte auch Bilder gesehen, wo es Schnee gab und Schneeleoparden, und er hatte auf dem Atlas nachgesehen, Indien erstreckte sich ja von Nord nach Süd über viele Breitengrade, so dass alle Klimaarten der Welt in dem riesigen Land vorkamen, von ganz heiß bis ganz kalt, von Sonnenglut bis Eisverkrustungen.

Im ersten Winter hier hatte Dieter seine Laufenten auch immer wieder hinausgelassen, sie waren dann durch den Schnee gewatschelt, hatten hier und dort nach Futter gestochert und zeigten keinerlei Anzeichen von Frostangst oder Schneefurcht. Im Gegenteil, sie schienen sich auf seinem Hof richtig gut zu fühlen. Dieter hatte gehofft, dass sie auch Eier legen würden, aber wie sein Nachbar Wesemann ihm nach eingehender Untersuchung berichtet hatte, waren seine Laufenten alle männlich.

„Weißt du, Dieter, " hatte der alte Wesemann gesagt, „bei den Pinguinen, da gibt es das häufiger, dass sich zwei männliche Tiere zusammenschließen und eine Familie gründen. Da ist das gerade so wie bei uns Menschen auch. Und bei Hagenbeck haben sie dann einem solchen Pärchen auch ein Ei untergeschoben, und siehe da, die haben es brav ausgebrütet. Aber ich würde dir raten, wenn du Nachwuchs haben möchtest, dann kauf dir lieber eine weibliche indische Ente. Das geht dann einfacher."

Dieter hatte das immer wieder überlegt. Aber wenn er seine drei Enten so in aller Gemütlichkeit und Einigkeit durch seinen Garten laufen sah, wie sie immer dicht zusammen standen und gemeinsam ans Wasser gingen oder an den Futtertrog, dann brachte er es nicht übers Herz, die Harmonie seiner Tiere zu stören, indem er ihnen eine neue Partnerin zumutete. So blieb es also wie es war und alle waren es zufrieden.

Gegen zwölf fuhr Dieter dann ins Dorf hinauf zum Bäcker Lange. Dort trafen sich um diese Zeit oft die unterschiedlichsten Menschen zum Klönen, Schnacken, Reden, Verabredungen treffen; die neuen Pläne des Bürgermeisters wurden meist kritisch bewertet oder es ging um die Stromausfälle wegen des Wetters, denn wenn es zu kalt wurde und das Eis sich staute in den kleinen Bächen wie in ihrem Hausflüsschen, der Ilse, oder gar ganz gefror, dann standen die Turbinen still, es kam ja kein Wasser mehr durch, oder wenn durch hohe Schneelasten ein oder mehrere Bäume auf die Leitungen gefallen waren und diese dann abgerissen hatten, also dann war Stillstand, also kein Strom, also Stromausfall. Wenn zu viele Gemeinden betroffen waren, wenn die Schaltzentrale in Goslar nicht mehr mitkam und nichts mehr liefern konnte.

Heute waren nur fünf Menschen in der Bäckerei, die an den kleinen runden Stehtischchen ihren Kaffee tranken. Frau Lange stand wie jeden Tag hinter dem Tresen und brühte eine neue Kanne Kaffee auf. Dieter wurde von allen mit Kopfnicken begrüßt und Achim Cygan holte ihm eine heiße Tasse Kaffee und fragte:

„Na, was hältst du denn von dem Wolf?"

„Was für ein Wolf denn?" wollte Dieter wissen.

„Na, der Wolf, der hier die ganze Gegend unsicher macht. Bei Langes soll er schon ein paar Kaninchen gefressen haben."

Herbert Fricke mischte sich ein:

„Bei uns auf dem Hof haben wir seine Spuren schon gesehen, er ist ganz dicht an die Stallungen gekommen, aber mein Bodo, das ist mein Hofhund, ein scharfes Tier, der hat ihn wohl gewittert und verbellt und da ist er abgehauen; wie aus den Spuren ersichtlich ist, kam er erst vorsichtig angeschlichen, dann, nach Bodos Bellen, ging es im Galopp weit weg in die Pampa."

„Dein Bodo hat aber auch einen scharfen Ton in der Kehle!"

„Wer hat, der hat. Nur kein Neid, dein alter Dackel, der krächzt ja nur noch."

„Sei bloß still. Ich lass nichts auf meinen Felix kommen. Der hat mir noch im Herbst gute Dienste geleistet, bei der Fuchsjagd ist er sogar in den Bau hinein, und wenn ich ihn nicht an der langen Leine gehabt hätte, dann wäre er dem Fuchs wohl nur zu gern an die Gurgel gegangen."

Dieter nahm einen Schluck von seinem Kaffee.

„Ist das denn eindeutig, dass sich hier ein Wolf herumtreibt?"

„Aber ja, die Spuren sind wohl deutlich und zeigen, dass es sich um ein starkes Tier handeln muss. Und jetzt bei der Kälte, da hat er Hunger. Und freilaufende Schafe gibt es hier nicht, und die Ziegen von Hellmann sind alle im Stall, die Kaninchen von Lange ebenso, und nun ist er angewiesen auf das Wild, was in den Wäldern lebt. Und ich denke mir ja, dass dieses Tier schon lange in der Nähe von Menschen lebt und so ein Kaninchen oder eine Gans oder auch Hühner sind für den leichter zu jagen als ein Hase oder Reh in freier Wildbahn. Was meint ihr dazu?"

„Die von dieser Ökopartei sind voll dafür, dass sich diese Tiere wieder hier ansiedeln. Die haben sogar dafür gesorgt, dass in jedem Bundesland ein paar Wolfspfleger eingesetzt werden, natürlich alles von unseren Steuergeldern!"

„Und die passen dann auf, dass den armen Tieren ja nichts geschieht. Na, wo kommen wir denn da hin."

„In den Küstenländern haben sie schon den Schäfern elektrische Zäune gekauft, die sind etwas über einen Meter hoch."

„Als ob so ein Wolf da nicht drüberkommt. Dass ich nicht lache, das überspringt ja schon mein Bello!"

Und so redeten sie über die Wahrscheinlichkeit, dass so ein Wolf sich an ihre Tiere heranwagen könnte und was man dann tun solle. Denn eine richtige Jagd auf Wölfe war vom Gesetz her verboten. Der Wolf stand unter Naturschutz. Und die meisten der Männer hier im Dorf waren natürlich nicht nur Landwirte, sondern auch Jäger.

„Dann machen wir es doch so wie die Kollegen in Mecklenburg."

Herbert Fricke nahm einen Schluck Kaffee, grinste in die Runde und fuhr fort:

„Die machen es mit den drei großen S."

Alle schauten zu ihm. Fricke grinste noch breiter und erklärte:

„Drei S: Schießen, schaufeln, schweigen. Die machen da nicht so ein Gewese um die Wölfe. Die handeln einfach."

Die Männer schauten sich an und tranken ihren Kaffee. Nur Herbert Fricke fragte Dieter, wie der denn wohl so über die Sache mit den Wölfen denke. Dieter leerte seine Tasse und meinte dann:

„Also, ich denke, dass der Wolf zunächst einmal ein ganz tolles Tier ist. Der kann in seinem dichten Fell alle Jahreszeiten ziemlich gut überstehen und mit allen Gegebenheiten der Natur bestens zurechtkommen, er kümmert sich um seine Kleinen, bis die allein leben können. Er ist ein guter Läufer, ist ausdauernd und zäh, er kann schon von weitem seine Beute wittern und nicht zuletzt, er sorgt in der Natur für ein Gleichgewicht, indem er die kranken Tiere reißt und so den Bestand an Rehwild und Damwild und Füchsen in Grenzen hält. Das alles macht er in Russland, in Sibirien und in anderen nordeuropäischen Ländern. Da gehört er hin, da lebt er im Einklang mit den natürlichen Gegebenheiten. Hier bei uns, wo die Bevölkerung und die Bebauung sehr viel größer und dichter ist, hier ist er fehl am Platze. Bei uns war er wegen der Dichte der Besiedelung ausgestorben oder abgeschossen, jedenfalls war der Wolf weg. Es gab ihn nicht mehr. Und nun kommen ein paar Leute auf die Idee, ihn wieder anzusiedeln, hierbei uns, in einem der bevölkerungsreichsten Länder Europas. Dann werden sicher bald auch andere auf die Idee kommen, weil ja in früheren Jahrhunderten auch Löwen und Tiger hier gelebt haben, wie die Knochenfunde der Steinzeit beweisen, dass auch solche Tiere wieder anzusiedeln sind. Und dann, wenn man das weiterdenkt, dann ist man bald schon im Jurassic-Park. Dann wollen sie vermutlich auch das Mammut wieder auferstehen lassen, die Russen experimentieren ja schon damit. Oder den Säbelzahntiger, oder den Dinosaurier. Ich halte da nichts von. Die Kirche soll im Dorf bleiben, der Schuster bei seinen Leisten, und der Wolf soll dorthin gehen, wohin er gehört. Hier jedenfalls gehört er nicht mehr hin."

„Sehr richtig. Das ist so wie mit der Braunkohle. Wenn der große Bagger erst mal das Dorf zerstört hat und zum Schluss nur noch ein tiefes Loch in der Erde da ist, dann wird daraus vielleicht ein See gemacht und an dessen Rändern entstehen neue Siedlungen oder Feriendörfer, alles verändert sich, je nach Gegebenheit. Man kann nicht immer nur die Sehnsucht nach dem Alten pflegen und jammern, dass es nicht mehr so ist wie vor hundert Jahren."

„Denkt nur an die Ostalgiewelle, und wenn du nachfragst, keiner will mehr den Schwarzen Kanal sehen."

„Oder die Zeiten vom Kaiser, alles ohne Betäubungsmittel beim Zahnarzt."

„Hör bloß auf! Zahnarzt. Nee, dann schon lieber so unzulänglich wie heute, aber mit allem Komfort und zurück, aber ohne Wölfe! Das sag ich euch."

Die Männer nickten, Fricke bestellte bei Frau Lange noch für alle einen kleinen Braunen in den nur fingerlangen Fläschchen, sie schraubten die Kappen ab, erhoben die Fläschchen und tranken einander zu. Dieter kaufte noch ein Krustenbrot und ging dann mit der Papiertüte unterm Arm wieder zurück zu seinem Hof.

In den nächsten Tagen ging Dieter aufmerksamer mit seinen indischen Laufenten um, brachte sie auch schon eher in den Stall, meist gegen vier Uhr, wenn sich der Abend ankündigte. Der Wolf war nur gelegentlich noch Gesprächsthema bei den Dorfbewohnern, die Dieter traf. Meist sah er die Leute beim Einkaufen, an der Tankstelle oder auf dem Weg zum Briefkasten. Dort traf er hin und wieder den Postboten, der seine Päckchen und Briefe in dieser Jahreszeit mit einem breiten Schlitten transportierte. Das übrige Jahr war er mit dem Fahrrad unterwegs, denn, wie er des öfteren Dieter gegenüber zu betonen pflegte, mit einem der Postautos könne er die schmalen Wege und steilen Pfade zu den einzelnen Häusern hier im Vorgebirge nicht gut bewältigen, und außerdem sei es gut für die Gesundheit, die Muskulatur würde gefordert und an der frischen Luft zu strampeln, besonders bergauf, das merke er schon, und auch seine Frau sei wieder ganz zufrieden mit ihm. Er grinste dabei und klimperte anzüglich mit den Augen, bevor er Dieter dessen Briefe und kleinere Päckchen übergab. Unter den Briefen war auch einer von Dieters Schulfreund Jörg, der wollte ihn am nächsten Dienstag nachmittags besuchen, weil er in der Gegend zu tun habe, und vielleicht konnten sie ja auch am Abend etwas gemeinsam unternehmen. Und falls Dieter ein gutes Hotel wisse, er wolle bei den Wetterverhältnissen doch lieber dort übernachten.

Telefonisch war Jörg nicht zu erreichen, so oft Dieter es auch versuchte. Vielleicht hatte er seine Rufnummer geändert oder war gänzlich aus dem Festnetz abgemeldet und nur noch übers Handy erreichbar, aber die Handynummer hatte Dieter nicht. Er fand es auch seltsam, dass jemand wie Jörg, der ja auch beruflich viel unterwegs war, seine Ankunft per Brief meldete und ihn nicht einfach angerufen hatte. Aber was sollte er sich Gedanken machen über das wie und warum, er würde alles ja ohnedies erfahren können, wenn der Jörg am Dienstag bei ihm vor der Tür stände.

Weil Dieter wusste, dass Jörg eine Vorliebe für Süßes hatte, ging er an diesem Tage mittags wieder in die Bäckerei und kaufte einen Baumkuchen. Für diese Spezialität war Bäcker Lange in der ganzen Gegend berühmt, und wie der Postbote Dieter schon im letzten Jahr erzählt hatte, kamen für diesen begehrten Kuchen Bestellungen aus ganz Deutschland, meist von ehemaligen Feriengästen, die in ihren Urlauben diesen Baumkuchen schätzen gelernt hatten.

Es war ein heller Wintertag, der Schnee knirschte unter seinen Füssen, es hatte in der Nacht kräftig gefroren, und Dieter musste sorgsam achtgeben, nicht hinzufallen, es hatten sich auch auf der Landstrasse kleinere Eisflächen gebildet. Auf dem Rückweg kurz vor seinem Gehöft kam er dennoch ins Straucheln, er versuchte noch, mit weit ausgebreiteten Armen das Gleichgewicht zu halten, der Baumkuchen in dem Leinenbeutel schaukelte bedenklich mit, dann lag er auch schon und rutschte auf der abfallenden Straße auf dem glatten Eis bis an die Hofeinfahrt.

Plötzlich sprang von dort ein Schatten auf ihn zu. Ein großer grauer Wolf setzte Dieter seine Vorderpfoten auf die Brust und riss den Rachen bedrohlich auf, Dieter sah die vielen scharfen Zähne und schloss angstvoll die Augen. Der Wolf biss in den hellen Leinenbeutel und mit einem mächtigen Satz verschwand er hinter Wesemanns Scheune.

Dieter blieb noch eine ganze Weile auf der vereisten Straße liegen, dann setzte er sich vorsichtig auf und rappelte sich dann hoch.

Als er am Abend dem Jörg davon erzählte, schwieg dieser zunächst betroffen und erschrocken. Später aber, nach einigen Glühweinen, begann er laut darüber zu lachen und meinte, dass Dieter für einen Wolf wohl nicht das rechte Futter sei, er sei eben in seiner ganzen körperlichen Erscheinung und vor allem für den Geruchssinn eines solchen Raubtieres nicht ausreichend schmackhaft. Dieter schenkte vom Glühwein nach und sagte dann, dass damit wohl wieder einmal bestätigt worden sei: der Baumkuchen von Bäcker Lange ist einfach der Allerbeste!

Zeitfracht Medien GmbH
Ferdinand-Jühlke-Straße 7
99095 Erfurt, Deutschland
produktsicherheit@kolibri360.de